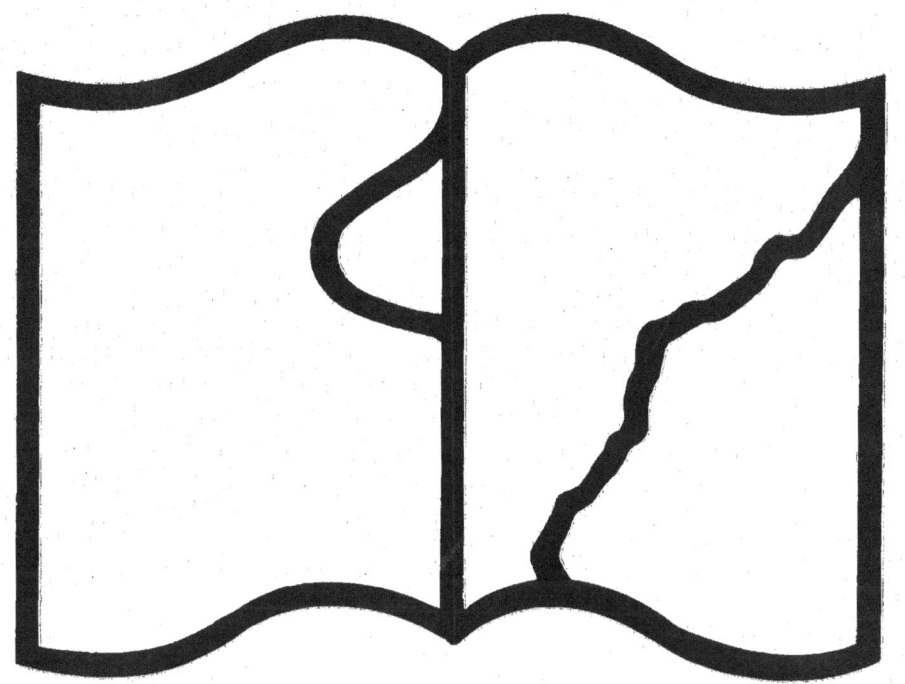

Texte détérioré — reliure défectueuse

NF Z 43-120-11

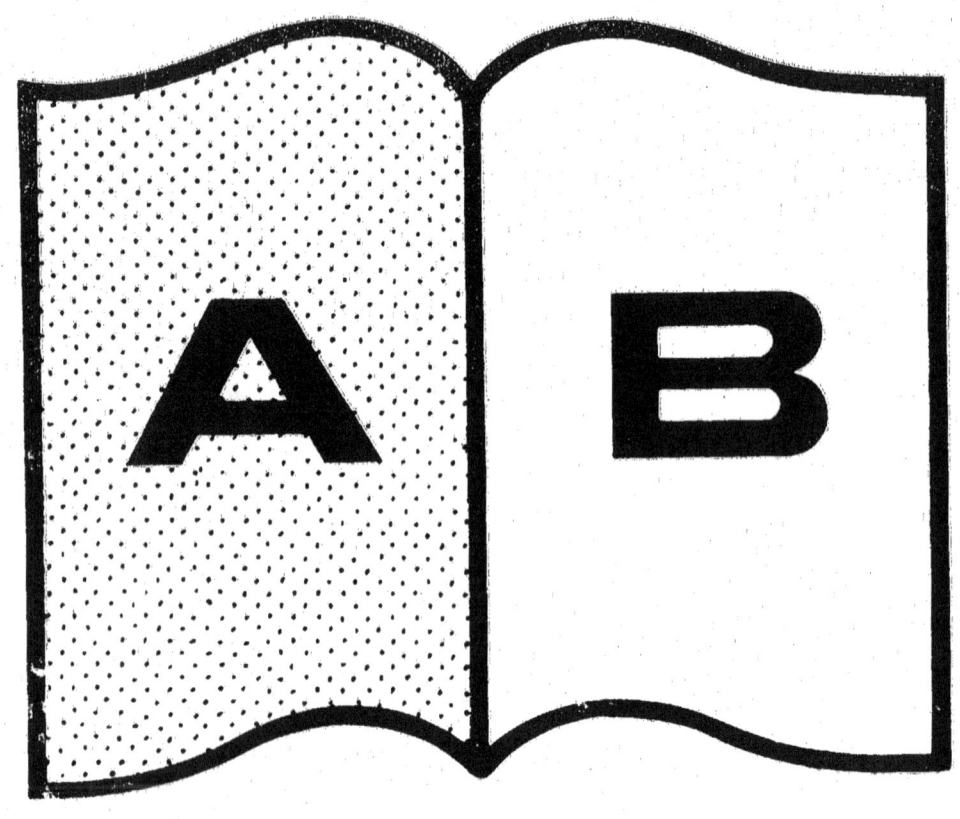

Contraste insuffisant

NF Z 43-120-14

La fille du vagabond

par Gobat

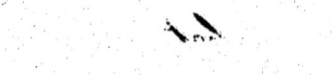

LA

FILLE DU VAGABOND

2me SÉRIE IN-4°

Devant la cheminée était assis un homme à cheveux blancs (page 9)

LA
FILLE DU VAGABOND.

OUVRAGE IMITÉ DE L'ALLEMAND

DE

Mᵐᵉ Marie LÜDOLFF

PAR

M. GOBAT

TRENTE-SEPT GRAVURES

LIMOGES
EUGÈNE ARDANT ET Cⁱᵉ
ÉDITEURS

Une morne tristesse jetait son lourd manteau sur l'abbaye (page 8)

LA FILLE DU VAGABOND

CHAPITRE PREMIER

La vieille abbaye

Un ciel gris et brumeux enveloppait une vallée paisible d'Angleterre, au milieu de laquelle s'élevait la vieillle abbaye de Lyton.

Quand le soleil d'automne parvenait à percer le voile des nuages et à répandre ses rayons brillants sur la contrée et les forêts environnantes, on jouissait là d'un admirable paysage. Nulle part peut-être on ne ressentait mieux cette douceur particulière des jours de novembre qui parle au cœur et pénètre l'âme d'un calme indicible.

Aujourd'hui, il n'en était pas ainsi. Une morne tristesse jetait son lourd manteau sur ces bâtiments bien conservés, — propriété de la famille Mortaunt, — et qui sous la direction de Sir Hébert s'étaient changés en une splendide demeure dans laquelle s'agitait une vie heureuse pendant des temps prospères.

Tout était silencieux : le bonheur d'autrefois s'était évanoui.

A travers les arbres dépouillés du parc, le vent gémissait plaintif, arrachant aux branches leurs feuilles sèches, courbant les géants des forêts, et laissant tomber de larges gouttes de pluie dans tous les sentiers.

Au milieu de la tourmente, un voyageur se dirigeait vers le vestibule. Le portier lui ouvrit la porte en le saluant d'un signe muet, et l'étranger passa auprès de lui sans mot dire.

Le vestibule, à demi éclairé, paraissait nu et désert. Point de domestiques dans ce grand espace : les pas retentissaient sonores au milieu d'un silence mystérieux. Avant qu'il n'eût atteint la porte latérale, celle-ci s'ouvrit.

— C'est bien à vous, Fred Merlitt, d'être venu malgré le mauvais temps faire une visite à notre pauvre maître, dit à voix basse une vieille femme qui semblait attendre le nouvel arrivant.

Elle lui fit signe d'entrer dans la chambre, bien chauffée, et le voyageur, comme un vieil habitué, jeta sur un banc son manteau dégoûtant de pluie et se secoua en frissonnant.

On pouvait encore prendre cet hôte pour un jeune homme : il paraissait avoir au plus quarante ans ; il était habillé avec soin et ses traits dénotaient une grande énergie. Ses yeux, très mobiles, fixèrent amicalement son interlocutrice quand il lui répondit :

— Toujours des pensées sombres, Mistress Keint?

— Hélas! dit la vieille intendante de la maison Lyton, c'est pire que jamais. Depuis trois jours, nous avons à peine prononcé une syllabe; on n'a presque rien mangé... toujours enfoncés dans nos réflexions, dans un silence inconsolable!

Pendant qu'elle s'abandonnait à ces plaintes, de grosses larmes coulaient sur les joues de Mistress Keint.

— Patience, bonne Marguerite! patience! Un jour cela ira mieux, et les temps heureux reviendront... Puis-je voir Sir Mortaunt?

La vieille fit un signe affirmatif et s'essuya les yeux en ajoutant avec tristesse :

— Non, Fred, cela n'ira pas mieux; les temps heureux sont passés, pour cette maison, depuis le départ de Vivien; et les beaux jours ont disparu avec Arthur! nous les avons enterrés avec les morts.

— Ne vous plaignez pas, Mistress Keint; les morts sont auprès de Dieu et les vivants peuvent revenir.

Madame Marguerite releva la tête pour lire dans le regard de Fred Merlitt; mais, le jeune homme se dirigeait déjà vers les appartements de Mortaunt. Il n'était pas un inconnu à Lytonhall : aussi trouva-t-il bientôt la porte qu'il cherchait.

Il frappa doucement et entra dans un salon splendide.

Devant la cheminée était assis un homme à cheveux blancs. Sur le visage de celui-ci, se lisait un chagrin profond qui, moins que les années, avait courbé la haute stature de Sir Mortaunt.

La douleur en avait fait un vieillard en blanchissant prématurément sa chevelure et en affaiblissant sa vue. Il avait les yeux fixés sur la flamme des fagots, qui éclairait seule l'appartement : le solitaire ne voulait pas de vive lumière; il n'avait pour société que ses propres pensées, et Sir Mortaunt n'en voulait pas d'autre. Il s'entretenait avec elles nuit et jour, bien qu'elles fussent devenues pour lui comme des tyrans.

En entendant les pas du visiteur, Sir Mortaunt leva la tête.

— Ah! c'est vous, M. Merlitt! dit-il avec indifférence. Qu'est-ce qui vous amène aujourd'hui?

— Des nouvelles que je viens de recevoir, Sir Mortaunt; une lettre que je n'ai pas voulu tarder à vous apporter.

— Des nouvelles? une lettre? répéta le vieillard d'un ton qui exprimait quelque chose d'extraordinaire. Une lettre de qui?

— De M. Vivien, Sir, répondit fermement et avec rapidité Fred Merlitt dont les traits dénotèrent une curieuse attente. M. Vivien m'a envoyé une lettre pour vous la remettre en mains propres, Sir Mortaunt.

— Je croyais ne plus entendre parler de lui, répondit celui-ci avec calme : je ne m'en inquiétais pas.

— Mais, Vivien Carré désire vous revoir, ainsi que M. Arthur dont sans doute il ne connaît pas encore le décès. Lisez vous-même : ne lui refusez pas cette faveur.

— M. Vivien semble malade et malheureux, hasarda Fred Merlitt après un silence, et en tirant une lettre de sa poche :

— Malade et malheureux! murmura Sir Mortaunt. On pouvait s'y attendre. Donnez-moi la lettre, Merlitt; je la lirai; ayez l'obligeance d'allumer la lampe.

Fred Merlitt obéit sur-le-champ. Il trouva facilement ce qu'il désirait : tout était sous la main; et bientôt, les becs d'une lampe à plusieurs branches éclairèrent le visage grave et soucieux du châtelain.

Sir Mortaunt déplia lentement la lettre en faisant signe

à Merlitt de prendre place. Puis, il parut oublier son compagnon et se plongea dans la lecture du message.

Au-dehors, le vent faisait entendre ses gémissements; la pluie fouettait les vitres; et, à l'intérieur de l'appartement régnait un silence mystérieux.

Enfin, le vieillard laissa retomber sa main avec le papier; il regarda comme effaré autour de lui, sans apercevoir son hôte, et soupira profondément, en pensant au passé.

Sir Mortaunt n'avait pas toujours été un solitaire triste et fatigué. Au contraire, pendant longtemps, il avait été au nombre des favoris du sort; il avait acquis des honneurs et des richesses, et converti *Lytonhall* en une magnifique résidence.

Ses aïeux n'avaient été que les fermiers de cette propriété; mais, lui était devenu propriétaire de la maison où avait été son berceau; et, son bonheur excita l'envie de ses voisins.

Un brillant cercle de famille l'entourait : une épouse chérie, des enfants charmants et bien doués. Il avait tout ce qui peut embellir la vie, et il vit tout disparaître, tout, jusqu'à son jeune fils Arthur, le préféré de son affection. Celui-ci avait péri en mer.

Lorsqu'on en apporta la sinistre nouvelle à Sir Mortaunt, son cœur se brisa; et, depuis lors, il ne fut plus qu'un homme sans énergie et sans courage.

Peu après le décès de sa femme, il perdit un frère et une sœur avec lesquels il avait passé sa vie.

Son frère mourut veuf dans la force de l'âge, laissant une fille, Flavie Mortaunt, qui devint l'épouse de Monsieur de Bracy, un Français qui avait accompagné Charles X en Angleterre.

Ne voulant pas servir le roi citoyen, M. de Bracy était

entré dans l'armée anglaise et était parti pour les Indes
avec son régiment, en compagnie de sa jeune femme.

La sœur de M. Mortaunt avait épousé M. Carré en
Angleterre et en avait eu un fils. Celui-ci, orphelin de
bonne heure, avait été élevé à Lytonhall avec les enfants
de son oncle qui l'avait comblé de bienfaits.

Vivien Carré avait remercié son bienfaiteur par une
conduite déplorable.

C'était une de ces natures aimables, pleines de talents
naturels et disposées au bien, mais que la légèreté et la
faiblesse précipitent de faute en faute : cependant, il savait apaiser la colère de son oncle et faire oublier ses
étourderies.

L'impertinence, le repentir et la légèreté alternaient
chez lui, dès son enfance, mais ses larmes et sa bonne
humeur amenaient parfois des scènes si comiques que
personne ne pouvait longtemps lui résister, et on lui pardonnait facilement.

Tous les habitants de Lytonhall le gâtaient à l'envi, et
particulièrement Mistress Keint, le factotum de la maison
qui avait alors l'intendance de la *nursery* (1). Le beau
Vivien, pétillant d'esprit et de gaieté, — qu'elle n'appelait jamais que Vivien Carré-Mortaunt, — était comme la
prunelle de ses yeux : il savait la flatter, et elle le préférait
aux enfants de Sir Mortaunt.

Il lui avait été confié dès son bas-âge, et comme sa protectrice spéciale, elle l'avait sauvé bien des fois de la verge,
délivré de punitions bien méritées, en cachant ses sottises.

Elle prit encore son parti quand ses fautes devinrent
dangereuses, quand Vivien s'aliéna ses meilleurs amis et

(1) Se dit, en Angleterre, de la partie de la maison destinée aux enfants.

blessa même le jeune cœur qui battait innocemment pour lui.

Sa cousine Amy Mortaunt l'aimait beaucoup : elle était pleine de sensibilité, et sa plus grande faiblesse fut d'avoir eu une inclination pour Vivien.

Tout enfant, elle s'était laissée dominer par lui, lui aplanissant toutes les difficultés, et lui procurant ce qui pouvait lui faire plaisir.

Mais, il n'était pas digne d'un tel attachement : il ne pouvait comprendre Amy ; il l'aimait d'une manière superficielle, se jouait de ses sentiments et la tourmentait à plaisir.

Il était capricieux, impatient, n'apportait aucune attention sérieuse au travail ni à tout ce qui tenait au devoir, et ne faisait aucun effort pour plaire à sa cousine.

Sir Hébert Mortaunt ne soupçonnait même pas le chagrin profond de sa fille unique qu'il aimait de toute sa tendresse paternelle.

Elle restait presque toujours seule avec son père, tandis que son frère habitait à Eton.

Arthur Mortaunt était un charmant jeune homme. Il n'éblouissait pas par son extérieur, mais il avait un si bon cœur, que chacun l'estimait et était heureux de voir en lui l'héritier de Lytonhall.

Madame Marguerite Keint le chérissait aussi, mais elle lui préférait le beau et joyeux Vivien qui, par ses manières insinuantes, savait partout se faire aimer.

Arthur était pour son cousin un véritable ami, et n'hésitait jamais à venir en aide à l'étourdi.

Toujours il se posait comme intermédiaire entre Sir Mortaunt et le coupable, jusqu'à ce qu'il découvrît la souffrance que causaient à sa sœur, la légèreté et le manque d'égards de Vivien.

Dès ce moment, sa sympathie disparut, et il n'intervint plus pour excuser, auprès de son père, la vie dissipée de son cousin.

La mesure était comble : Sir Mortaunt chassa Vivien de Lytonhall, et ne lui accorda que le nécessaire pour entrer avec honneur dans le régiment qui s'embarquait pour la guerre d'Espagne.

C'est ainsi que Vivien Carré quitta l'Angleterre, et l'on n'osa plus prononcer son nom à l'abbaye.

L'intervention d'Arthur fut muette; Amy, prévoyant l'inutilité de ses efforts, se tut et souffrit. Elle n'avait pas cessé d'aimer son cousin, dont le caractère, — elle l'avait deviné, — se refusait à la réciprocité de ses sentiments.

Pauvre Amy Lyton ! Elle avait vu clair trop tard.

Dès que l'indignité de cet homme lui eût été connue, elle perdit toute confiance en ses protestations. Mais, c'en était trop pour sa tendre nature : son cœur fut brisé et se flétrit comme une fleur qu'un vent glacial a touchée.

Vivien Carré était à peine débarqué en Espagne, que les cloches funèbres de la petite église de Lyton annoncèrent qu'Amy Mortaunt avait trouvé la paix éternelle.

Aucun médecin n'avait pu lui rendre la santé; ses forces avaient diminué de jour en jour; et, avec un sourire de douce tristesse, elle avait quitté cette terre où une amère désillusion lui avait donné le coup mortel.

Lorsque le père soupçonna la cause de la mort prématurée de sa fille, son irritation ne connut plus de bornes.

Seule, Madame Margaret, excusait encore Vivien dans son cœur; Vivien, ce pauvre banni pour qui l'on avait été si cruel! Mais, elle n'osa plus prononcer son nom, pas même quand la Légion anglaise revint en Angleterre, sans Vivien.

Etait-il resté en Espagne pour servir sous le vainqueur

Espartero, ou était-il allé à Paris continuer sa vie dissipée; personne n'en savait rien. On apprit seulement qu'il avait abandonné son régiment.

La mesure était comble. Sir Mortaunt regarda désormais son neveu comme mort. On n'en parla plus, et Madame Margaret s'habitua à perdre tout espoir de voir revenir son favori, quand les années s'écoulèrent sans plus en apporter de nouvelles.

Lady Flavie, la nièce de Sir Mortaunt, était revenue des Indes avec son mari.

Après avoir déployé sa vaillance dans la guerre contre l'opium, le colonel de Bracy demanda sa retraite par égard pour sa famille.

Sous le ciel indien, la santé de Lady Flavie s'était beaucoup altérée, et les médecins lui avaient conseillé le retour au pays.

M. de Bracy acheta, aux environs de l'abbaye, un charmant cottage. Sa fortune n'était pas grande, car il n'avait pas amassé de richesses dans les Indes, mais il possédait suffisamment pour faire honneur à sa position et vivre sans inquiétude.

Flavie se rétablit bientôt au milieu de la vie simple et tranquille de la campagne. Son jeune fils Clarence s'y développa à merveille et devint un enfant très vigoureux. Il avait six ans, quand il lui arriva une petite sœur, une seconde Amy, qui fut plus tard son inséparable compagne.

Les enfants apportaient de temps à autre de la vie et de la joie dans la vieille abbaye.

Arthur Mortaunt les aimait, et la petite Amy, par sa gentillesse et sa candeur, arrachait parfois un sourire aux lèvres sérieuses du châtelain, qui ne faisait guère attention à Clarence dont la vivacité le fatiguait.

Arthur, au contraire, s'occupait volontiers du petit

espiègle : il écoutait avec plaisir la voix argentine de l'enfant résonner sous les voûtes silencieuses et vides de Lytonhall, où il passait presque toute l'année par tendresse pour son père.

Son amour filial l'avait fait renoncer au désir de voir les contrées lointaines, ce qui avait été le projet favori de sa jeunesse d'étudiant, à Eton.

A la mort de sa sœur, il était venu s'établir à la vieille abbaye, et faisait quelquefois de petites excursions. C'est dans une de celles-ci qu'il trouva la mort.

Il avait organisé une promenade en mer, dans un yacht de ses amis, avec une joyeuse société. Surpris par la tempête, le bateau fut poussé vers les côtes de France et rencontra un écueil qui le brisa.

La mort de son fils emportait toutes les espérances d'avenir de Sir Mortaunt. Ses riches possessions ne lui causaient plus aucun plaisir.

Sans intérêt pour le monde extérieur, il fit autour de lui une solitude complète.

La plupart de ses domestiques furent congédiés, et le vieillard, abîmé dans une sombre résignation, ne voulut plus voir le visage des hommes.

Les enfants mêmes de Lady Flavie étaient pour lui des visiteurs importuns, dont les voix claires lui faisaient mal. La présence de M. de Bracy lui était pénible. Les deux hommes ne se comprenaient point.

La vivacité du colonel, son amour à dresser des plans et à parler de tout ce qu'il ferait, s'il était libre, causaient une vraie torture à Sir Mortaunt qui ne soupirait qu'après le repos.

Souvent, Lady Flavie devait intervenir avec une prudence diplomatique pour remettre le calme entre ces deux caractères si inégaux.

Plus Sir Mortaunt devenait mélancolique, plus la tâche de la nièce devenait difficile ; cependant, celle-ci était toujours bien accueillie, et, s'il ne l'engageait pas à revenir, s'il ne réclamait pas sa présence, du moins il ne se sentait jamais plus calme et plus tranquille que quand il la voyait auprès de lui avec un ouvrage manuel.

Souvent, ils étaient longtemps sans échanger une parole, mais le regard du vieillard tristement fixé sur elle, la légère pression de sa main quand elle se retirait, disaient suffisamment que cette visite lui avait apporté une grande consolation.

Elle venait donc chaque jour, en dépit de la mine désagréable de Madame Margaret qui n'avait jamais eu de sympathie pour elle.

Madame de Bracy n'avait pas vécu à l'abbaye aussi longtemps que Vivien Carré. C'est peut-être la raison pour laquelle elle n'était pas aimée de l'intendante qui regardait la bienveillance de Sir Mortaunt pour sa nièce comme une injustice envers son favori.

Peut-être, aussi, voyait-elle un danger pour son omnipotence dans l'influence que Lady Flavie exerçait sur son oncle.

Bref, elle se méfiait d'elle, d'autant plus que Milady ne lui témoignait que de la politesse sans s'abaisser à gagner ses faveurs, ce que Meg Keint regardait comme de la fierté.

Aussi, la vieille intendante ne nommait-elle jamais Madame de Bracy que la *fière Flavie*, dont les enfants ne pouvaient remplacer Vivien.

Le seul visiteur que reçût Sir Mortaunt en dehors de Lady Flavie, était Frédéric Merlitt, dont le père gérait une ferme dépendant de l'abbaye.

Fred avait été élevé avec les enfants Mortaunt : c'était

2

le camarade de Vivien, et, à ce titre, avait droit à la protection de la vieille intendante.

La démarche qu'il faisait aujourd'hui au château prou-
vait qu'il était resté l'ami du jeune homme.

Sir Mortaunt tenait toujours la lettre de son neveu dans
la main ; son œil sombre fixait la flamme de la cheminée.

Au-dehors, le vent secouait les tourelles, et la voix de
la douleur vibrait au fond de l'âme du châtelain.

Enfin, il se souvint de la présence de son visiteur, et
leva son regard terni dans lequel passa un éclair.

— Ecoute, Fred Merlitt, dit-il péniblement, je respecte
l'amitié qui te porte à parler en faveur du camarade de
ton enfance. Eh bien! parlons de Vivien Carré. Tu pourras lui faire connaître mes sentiments.

Et, ils eurent une conversation qui dura une demi-
heure.

Fred Merlitt quitta le vieillard en faisant une profonde
inclination. Mais, à peine se trouva-t-il dans le corridor,
qu'un sourire particulier vint épanouir ses lèvres, et il
se dirigea rapidement vers la chambre de Mistress Keint.

Elle l'attendait curieuse, inquiète de sa longue absence.

— Gagné, gagné! Madame Margaret! Ne vous le
disais-je pas! les vivants peuvent revenir! M. Vivien a la
permission de rentrer.

Incapable de prononcer un mot, elle fixait sur le jeune
homme un regard étonné.

— Oui, oui, continua-t-il, Monsieur Carré revient à
l'abbaye. Cela ne fera pas plaisir au cottage ni à l'orgueilleux colonel. Oui, mistress Marguerite, nous avons gagné
la partie : attendez seulement que Vivien soit ici.

— Vraiment, il revient, mon chérubin, s'écria la vieille
femme en pleurant de joie. Ce n'est pas un rêve? c'est

vrai qu'il a donné signe de vie, Fred? vous en avez entendu
parler? vous êtes certain qu'il n'est pas mort?

— Certainement! j'ai reçu des lettres de lui, une pour
nous deux et une pour Sir Mortaunt.

— Et, qu'a dit le châtelain?.. a-t-il lu la lettre? le cher
enfant peut donc revenir?

— Oui, oui, je vous l'ai déjà dit : il reviendra, et plus
tôt que vous ne pensez, Mistress Keint.

La vieille saisit avec force les deux mains de Merlitt.

— O Fred, s'écria-t-elle, cette nouvelle est comme une
musique à mes oreilles; et, jamais je n'oublierai que c'est
vous qui me l'avez apportée. Je pourrai donc passer mes
dernières années dans un doux repos; et, pour vous son-
nera bientôt l'heure où votre service d'ami vous appor-
tera une douce récompense.

Madame Margaret, dans la joie de voir se réaliser son
vœu le plus cher, ne se doutait guère que plus tard, dans
la vie, elle devait se souvenir de ces paroles.

Elle avait bien encore à parler, mais la conversation fut
soudain interrompue par un violent coup de sonnette.

— Sir Mortaunt m'appelle; j'y cours.

— Ne me trahissez pas, Madame Meg; ne dites pas
que je vous ai annoncé la bonne nouvelle. Je crois que Sir
Mortaunt redoute les de Bracy : il m'a, du moins, recom-
mandé le plus profond silence que je n'ai pas gardé envers vous.

— Vous êtes un excellent homme, Fred; je penserai à
vous. Soyez sans inquiétude : Sir Mortaunt ne saura pas
un mot de ce que vous m'avez dit... Et, maintenant, prenez un réconfortant pour braver le mauvais temps. La
bouteille est là : servez-vous.

Merlitt ne se le fit pas dire deux fois, et ne refusa pas le
petit verre de brandy.

Puis, s'enveloppant de son manteau, il sortit de l'abbaye.

Mistress Keint se tenait debout devant son maître.

Sir Mortaunt marchait à grands pas dans le vaste appartement : il s'arrêta, et fixa sur elle un regard mélancolique.

— Margaret, j'ai à vous dire quelque chose qui vous fera plaisir. Mon neveu Carré a demandé à venir me voir : je le lui ai permis.

Avant que le châtelain eût fini de parler, la vieille femme avait saisi sa main droite qu'elle couvrit de baisers et de larmes.

— Oh! Sir! mille et mille fois merci. Je savais bien qu'un jour votre cœur parlerait. Tout va donc se réparer.

Elle s'arrêta soudain, effrayée de sa propre audace, et comme si elle craignait d'en avoir trop dit.

— Je me sens très fatigué, Mistress Keint, reprit Sir Mortaunt; j'ai besoin de repos. Du reste, c'est tout ce que je désire à l'avenir : souvenez-vous-en, Margaret.

— Encore une chose, reprit-il après un court repos, j'apprendrai moi-même à Lady Flavie l'arrivée de notre hôte : je ne veux pas qu'elle en entende parler par d'autres que par moi : cela pourrait lui faire de la peine. J'ai prescrit le silence à Fred Merlitt, et je vous prie de l'observer aussi.

— Je puis me taire, Sir Mortaunt. Lady Flavie ne saura rien par moi : cela pourrait, en effet, la choquer.

Sir Mortaunt regarda en souriant son factotum, dont il connaissait le côté faible.

Il fit semblant de ne pas sentir l'allusion, et dit avec bonté :

— Certainement, Margaret, vous pouvez vous taire, je le sais. Aussi, je pense que je n'aurai plus besoin de parler

de choses qui sont décidées une fois pour toutes; j'espère
que mon neveu le comprendra également.

— Oh! Monsieur Vivien comprendra tout certainement,
et particulièrement votre bonté, Sir Mortaunt, se hâta d'a-
jouter Margaret.

— C'est bon! reprit le châtelain en lui faisant signe de
se retirer.

Mais, la vieille Meg glissa encore rapidement cette
question :

— Ainsi, Monsieur Carré a quitté l'Espagne, et nous
pouvons attendre bientôt son retour?

— Je le pense, répondit-il, et pour la première fois avec
un air de léger mépris : il est probablement déjà dans les
environs ou au moins à Paris.

Des paroles de son maître, Margaret n'entendit que la
confirmation de son désir; tout heureuse de cette nouvelle,
elle s'en retourna à ses occupations. Le calme froid de Sir
Mortaunt ne l'inquiétait pas. Elle avait le meilleur espoir;
et, en traversant majestueusement les longs corridors, elle
regardait à droite et à gauche avec l'air d'un général qui
vient de chasser un ennemi d'un poste dangereux.

Bientôt, cependant, des sentiments plus tendres prirent
place dans son cœur. La pensée de revoir son favori
chassa toutes les autres; elle oublia ce qui s'était passé, et
se promit de continuer sa protection à celui qu'elle aimait
tant. Son premier soin fut de mettre en ordre la chambre
de Vivien, et elle y travailla avec tout le zèle dont elle était
capable : on eût dit qu'il s'agissait de préparer, dans cette
maison déserte et silencieuse, une grande fête pour le
retour de l'enfant prodigue.

———◦·❈·◦———

A la bonne heure, ma chère Flavie, dit le colonel dont la colère s'éteignait (page 29)

CHAPITRE II

Comment cette nouvelle fut acceptée

La matinée était resplendissante. La tempête avait cessé pendant la nuit, et le pâle soleil de novembre, qui répandait ses tièdes rayons sur toute la contrée, frappait les fenêtres du pauvre solitaire.

Mais, Sir Mortaunt n'était plus seul dans son riche appartement : Flavie de Bracy lui tenait société, et sa personne ne contrastait point avec les splendeurs qui l'entouraient.

Tout, dans la jeune femme, respirait la dignité et l'élégance. Ses mouvements étaient calmes et gracieux, sa

23

taille flexible et distinguée. Elle avait des allures de châtelaine.

Le ciel de l'Inde avait bruni ses traits expressifs que ses trente ans paraient d'une beauté particulière : quelques-uns, cependant, la jugeaient froide et fière.

Il est vrai que tout son être avait quelque chose d'intimidant.

Ses lèvres minces ne s'entr'ouvraient pas pour prodiguer les flatteries ni pour éveiller la bonne humeur; et, son regard profond devenait dur quand il perdait l'étincelle qui animait son visage et le rendait attrayant. Son charme était dans l'expression.

Sir Mortaunt ne l'avait jamais accusée de fierté : il aimait ce calme qui sympathisait avec ses propres sentiments, et il était heureux de contempler Flavie, la dernière fille de sa race.

Aujourd'hui, néanmoins, il n'était pas sans inquiétude.

— Comment allait-elle accueillir la nouvelle?

Il pouvait à peine se décider à l'en instruire, et quand il leva sur elle son regard fatigué, Flavie se sentit douloureusement émue en voyant la tristesse peinte sur le front du vieillard.

Elle s'imagina que de pénibles souvenirs torturaient son oncle, et rien ne la préparait à la communication qu'il allait lui faire.

— Flavie, dit-il enfin avec effort, Vivien Carré m'a écrit : il sollicite mon pardon et je le lui ai accordé.

Un silence pénible accueillit ces paroles. Milady ne répondit rien : elle était trop surprise.

Une rougeur subite envahit son visage, et elle dut se faire violence pour écouter son oncle qui balbutiait en guise d'excuse :

— Je ne puis lui refuser une place dans son immense

maison paternelle, puisqu'il désire revenir au pays. On dit qu'il est malade, souffrant et vaincu par le repentir. Aurais-je pu le repousser dans une pareille situation? On m'aurait accusé de dureté; n'est-ce pas, Flavie?

— Une telle conduite n'eût pas répondu à ta bonté ordinaire, mon cher oncle, répondit Flavie redevenue maîtresse d'elle-même. J'espère que Vivien saura l'apprécier.

— Ah! Flavie! j'attends peu de chose de lui. Mais, je ne puis fermer la porte à celui qui demande pardon. Vivien m'a imploré au nom de son repentir et il comptait sur l'appui d'Arthur, dont il ignore la mort. Ce cher fils avait l'habitude de plaider sa cause, et ce souvenir a été tout puissant sur ma décision.

— Et toi aussi, Flavie, reprit-il plus bas après un silence, toi aussi tu seras bonne pour celui qui va revenir : c'est une prière que je t'adresse. Ensevelissons le passé ; j'ai besoin de goûter enfin le repos.

Il tendit sa main tremblante à sa nièce qui l'étreignit avec douceur, et se rendit à sa prière.

Dès lors, elle ne manifesta jamais les pensées qui agitaient son âme, et ses lèvres ne trahirent pas ce qu'elle savait sur Vivien.

Elle avait compris que son oncle s'était décidé sans la consulter. Aussi, lui répondit-elle sans aigreur :

— Si le retour de Vivien doit te tranquilliser, nous considérerons cet évènement sous son jour le plus favorable, en nous livrant à l'espoir qu'il est devenu meilleur et plus sincère. Un accueil amical l'attendra au cottage.

— Tu es noble et généreuse, Flavie, reprit le vieillard visiblement soulagé. Sois-en bien assurée, Vivien ne troublera jamais la paix qui règne entre nous. Tes enfants gardent leurs places dans mon cœur. Quand me les enverras-tu? il y a si longtemps que je ne les ai vus! Parle-moi d'eux, cela me fera plaisir.

Lady Flavie sut faire rentrer le calme dans le cœur de son oncle; mais, en quittant la vieille abbaye, elle emporta une vague inquiétude, et de sinistres pressentiments que Margaret Keint ne put cependant deviner quand elle la rencontra dans le vestibule.

— Toujours fière et hautaine, murmura celle-ci en la voyant passer, mais attendons; nous verrons qui de nous deux sera la plus habile, Milady ou la pauvre vieille Meg qu'elle regarde avec mépris! Ah! bientôt tout ira autrement, quand Monsieur Vivien sera ici. Il renversera bien les de Bracy. Comme le colonel va se fâcher, quand son orgueilleuse femme lui fera part de la nouvelle!

Pendant ce temps, Flavie traversait pensive les allées du parc, préoccupée de son mari; elle savait bien que sa tâche serait pénible.

Elle prévoyait que le retour de son cousin contrarierait Monsieur de Bracy, et qu'il s'irriterait de la faiblesse de Sir Mortaunt.

Au fond de son cœur, elle se sentait portée à en faire autant, car elle redoutait les suites de cette indulgence pour ceux qu'elle aimait; mais, sa nature était trop noble pour juger la conduite du vieillard.

Elle approchait de sa demeure, et le cottage lui souriait du haut de la colline, à travers les arbres dépouillés de leurs feuilles.

De beaux massifs entouraient la maison, et l'on reconnaissait qu'une main soigneuse y maintenait le bon ordre.

A peine quelques feuilles jaunies couvraient le sable des allées qui conduisaient de la vérandah à la grand'route.

Le colonel venait d'apparaître sur le seuil de la porte.

Dès qu'il aperçut sa femme, son visage s'épanouit d'un agréable sourire.

— Nous arrivons un peu tard, ma chérie, dit-il en s'inclinant galamment. C'est presque l'heure du lunch. Qu'est-ce qui t'a retenue si longtemps? J'espère, cependant, que Sir Mortaunt va bien !

— Oui, Lionel, sa santé est excellente.

— Mais, il est mélancolique, ennuyé comme toujours, ajouta le colonel tranquillement. C'est une vraie misère avec cet homme!

Et, Lionel de Bracy continua son thème favori, sans donner à sa femme le temps de répondre.

— Son malheur est de se priver de toute société. Une conversation animée lui déplaît, et il ne veut point de visites.

Lady Flavie écouta avec patience ces impressions qu'elle connaissait depuis longtemps.

— Tu te trompes, Lionel, dit-elle enfin, Sir Mortaunt attend une visite.

— Ah! c'est ce que je pensais, exclama le colonel satisfait. Je savais bien qu'on réclamerait ma société et mes conversations si divertissantes. Eh bien! j'irai le voir; et, volontiers, je lui consacrerai une heure.

— Comprends-moi bien, Lionel. L'abbaye va recevoir un hôte. Mais, entrons, il fait frais. Je te raconterai tout cela.

Le colonel la suivit, très intrigué de ces paroles.

Apprendre des nouvelles, était pour lui un vrai plaisir dans sa vie passablement inoccupée. Mais aujourd'hui, son plaisir allait être médiocre. Il fut frappé de l'air sérieux de sa femme, et il la suivit dans son boudoir.

— Qu'y a-t-il? demanda-t-il vivement.

— Vivien Carré a donné signe de vie : l'oncle attend son retour.

— Quoi! s'écria le colonel avec une véhémence qui jus-
tifiait la prudence de Milady à entrer dans sa chambre.
Malédiction! que dis-tu là? et encore avec un calme incroyable! comme s'il s'agissait de la chose la plus simple
du monde. Est-ce que je te comprends bien? Vivien Carré
a obtenu sa grâce? Vivien! ce prodigue insensé! ce vaurien! ce misérable! ce sacripant!

— Lionel, tu parles de mon cousin, observa froidement
Lady Flavie.

— Ah! pardon! en effet, je m'oublie! gronda le colonel. C'est vrai! ce vaurien est ton cousin. Plût à Dieu qu'il
ne le fût point, ou qu'une balle espagnole lui ait fait l'honneur d'un illustre tombeau, au lieu de le voir revenir ici
pour faire tort à d'autres.

Flavie posa énergiquement la main sur le bras de son
mari.

— Tu vas trop loin, Lionel. Je t'en prie, ne parle pas
ainsi : ce n'est pas digne de toi. Quel mal mon cousin
Carré nous a-t-il fait? De quel droit le jugeons-nous?

— Comment! quel mal il nous a fait! s'écria le colonel
exaspéré. Pardon, Milady; mais, vraiment, tu prends la
chose avec trop d'indifférence. Je n'ai pas le sang si calme,
mais je vois plus loin. Vivien ne tardera guère à nous faire
du tort en nous enlevant la belle propriété par ses intrigues.

Un éclair fugitif illumina les yeux de Flavie, mais elle
sut se contenir et dit d'un air presque impératif :

— Il ne nous appartient pas de fermer la porte de Lytonhall à celui pour qui Sir Mortaunt veut l'ouvrir. Il est le
maître, et l'avenir est entre les mains de Dieu : ne le scru-
tons pas. C'est un crime d'attribuer au prochain de mauvaises intentions pour ce qui ne nous regarde pas.

— Folie, Flavie! pourquoi ne penserait-on pas à ce qui
arrivera sûrement? Sir Mortaunt mourra un jour, et,

puisqu'il n'a plus d'enfant, tu es la dernière Mortaunt, par
conséquent ton fils...

— D'abord, interrompit Flavie, Sir Mortaunt vit encore;
du reste, tu sais bien que sa propriété est entièrement
libre, et qu'il peut la laisser à qui il voudra. Et puis, nous
ne sommes pas ses seuls parents : Vivien est le fils de sa
sœur.

— Et toi, la fille de son frère : tu lui es plus attachée; il
t'aime et te chérit, tandis que Vivien, membre dégénéré
de la famille ne lui a causé que du chagrin et de la tristesse. Si Carré a choisi ce moment pour revenir, c'est
qu'il connaît la mort d'Arthur et spécule sur son héritage :
j'en suis certain. Il veut intriguer : ses qualités dangereuses l'aideront dans ses projets, et ce vieux dragon de Meg
ne sera pas la moins ardente à le soutenir. Il n'est pas
douteux qu'elle tripote dans tout ceci, de même que Fred
Merlitt dont la rancune cherche à me jouer un mauvais
tour. Nous avons été des insensés de ne pas tenir l'œil
ouvert. La vieille Keint nous a joués, et l'on a tenu la
chose secrète jusqu'au dernier moment. On craignait ton
influence si puissante sur Sir Mortaunt. Tu aurais dû rendre impossible l'hypocrite Carré, et surtout empêcher son
retour.

— Et comment? demanda fièrement Milady. Non, Lionel, je n'aime pas les sentiers détournés, et tu n'as pas
non plus l'habitude de les fréquenter. Notre route doit être
droite ; et, crois-moi, c'est celle qui nous conduira le plus
sûrement au but que nous désirons. Je puis t'assurer que
l'oncle Mortaunt aime nos enfants. Il m'en a parlé encore
aujourd'hui avec le plus grand intérêt, en me priant de les
envoyer plus souvent à l'abbaye.

— A la bonne heure, ma chère Flavie, dit le colonel
dont la colère s'éteignait aussi vite qu'elle s'allumait. En

vérité, je crois que tu as raison, comme toujours. Et moi, vieille tête folle, je ne puis rien faire de mieux que de prier Milady de me recevoir en grâce en me pardonnant mon exaspération.

En disant ces mots, M. de Bracy baisa la main de Flavie qui le récompensa par un sourire.

Elle avait encore remporté la victoire, mais c'était une femme prudente qui ne se vantait pas de ses succès et ne revenait jamais sur ce qui avait été décidé au cours d'une discussion.

Aussi, cette fois encore, ne se réjouit-elle qu'en silence de la paix qu'elle avait rétablie.

Elle prévoyait que pour l'affermir, il faudrait livrer encore plusieurs combats, et l'avenir allait lui apprendre qu'elle ne se trompait pas.

— Écoute, Clarence, dit-elle avec douceur en attirant son fils... (page 37)

CHAPITRE III

Mère et fils

Quelques jours après, le colonel et sa femme étaient assis dans leur salle à manger que décorait une simplicité de bon goût.

L'organisation tout entière reflétait le caractère de la maîtresse de maison. On voyait, on sentait son esprit d'ordre dans les plus petits détails.

La main douce et soigneuse de Flavie dirigeait tout avec fermeté ; ce n'était pas l'humeur ou le caprice qui la guidait, mais un jugement sain et droit.

Son entourage appréciait sa bonté, malgré les refus que l'on essuyait.

Elle ne demandait au grand monde ni joies, ni plaisirs; elle ne les cherchait que dans le petit cercle de sa famille et les trouvait au sein du bonheur domestique.

La conversation tranquille des deux époux en offrait un tableau vivant.

Le colonel soumettait à sa femme de nouveaux plans pour l'embellissement et l'agrandissement de leur petit domaine, en particulier du jardin dans lequel on entendait de joyeux cris d'enfant.

Bientôt, de petits pieds résonnèrent dans le vestibule, la porte s'ouvrit tout à coup, et laissa passer une charmante tête bouclée; la petite fille courut tirer l'habit du colonel et se cacha ensuite dans la robe de sa mère, tandis que le frère aîné fermait prudemment la porte.

— Nous avons bien couru, dit celui-ci, et Amy doit être fatiguée. Nous avons été dans le parc, presque jusqu'à l'abbaye. Mistress Margaret ne nous a pas vus; nous avons seulement rencontré le bon vieux James qui nous a donné des pommes et des noix. Le fermier Jackson est arrivé sur ces entrefaites, et ils ont parlé d'un nouvel oncle qui doit venir à Lytonhall, et... Ah! maman! qu'est-ce que cela veut dire? Jackson me regardait en secouant la tête et faisait des signes à James, en lui disant :

— Pour celui-ci, la grandeur sera finie avant d'avoir commencé.

Et James lui fit signe de se taire, lorsqu'il vit que je les regardais.

Avant que lady Flavie eût pu s'y opposer, la question innocente de l'enfant changea instantanément cette scène paisible.

Monsieur de Bracy se leva furieux, rouge de colère.

— Là, je le disais bien d'avance, rugit-il en fermant les poings. C'est trop fort! cet oiseau de malheur n'a pas encore mis les pieds dans le pays qu'on le regarde déjà comme l'héritier; et, cependant, d'après la loi, ce devrait être...

— Ecoute, Clarence, dit la douce voix de Milady. Amy doit avoir faim. Conduis-la dans la « nursery » : la bonne vous attend déjà depuis longtemps.

Clarence releva la tête. Sa curiosité était éveillée; mais, il comprit l'ordre de sa mère, et sa petite sœur vint le prendre par la main en bégayant :

— Amy très fatiguée : viens Clarence, allons chercher Bethsy.

Les deux enfants partirent.

— Lionel, dit Flavie en s'approchant de son mari, il faut savoir se commander, si tu ne veux pas causer à notre fils un tort irréparable.

Sa voix était vibrante et trahissait une pénible émotion.

— Que dis-tu? répondit le colonel. Je ferais du tort à Clarence? Moi, qui ne pense qu'à son bonheur, qui m'irrite contre cette intrigue, dont le but est de nous dépouiller de nos droits et de frustrer notre fils de son héritage!

— Je le répète, Lionel, reprit Flavie sérieusement. Tu fais grand tort à Clarence en lui insinuant des pensées, en lui inspirant des désirs dont la non-réalisation peuvent le rendre un jour malheureux, et qui peuvent avoir sur son caractère d'enfant et sur son avenir un effet déplorable. Je t'en prie, n'apprenons pas à notre enfant à compter sur une chose qu'il ne peut avoir que par la mort d'un autre.

— Dis plutôt qu'il n'obtiendra, objecta le colonel. Clarence a le meilleur droit sur Lytonhall, tout le monde le reconnaît, sauf cette misérable Keint et son complice qui veulent s'y opposer par la ruse. Ce sont eux, je le parie, qui, en annonçant le retour de Carré, ont répandu le bruit qu'il serait l'héritier de notre oncle.

— Ah! laissons ces gens-là, dit Flavie avec ironie. Nous savons par les paroles du fermier avec quelle facilité ils changent d'avis. Quant à Margaret Keint, il y a dans sa fidèle affection pour son fils adoptif quelque chose de respectable. S'il s'y mêle des arrière-pensées, nous n'en savons rien, et nous ne devons pas nous abaisser aux soupçons et aux préjugés.

— Non, riposta Monsieur de Bracy, tu serais bien plus portée à excuser cette femme hautaine, et même à parler, avec toute cette séquelle, pour Vivien plutôt que pour ton fils.

— C'est précisément parce que je songe à Clarence, répondit Flavie avec le plus grand calme. Ne t'emporte pas inutilement, Lionel; parlons tranquillement. Elevons notre fils dans des sentiments de loyauté en harmonie avec nos différentes relations. Son héritage le plus sûr sera toujours le nom honorable, ainsi que le caractère chevaleresque de son père, et une bonne éducation que rien ne peut remplacer. Elle aura pour notre enfant plus de valeur que la possession de Lytonhall, dont la propriété est encore douteuse pour lui, car il n'a pas là-dessus un droit absolu : ne l'oublions pas. Si la Providence et la bonté de Mortaunt lui donnent cet héritage, il saura d'autant mieux apprécier sa position qu'il se sera distingué par son application et sa persévérance : nous lui apprendrons que ce ne sont pas les avantages extérieurs, ni les privilèges de la naissance et de la richesse qui font l'homme, mais que chacun, par ses talents et sa valeur personnelle, devient l'artisan de son bonheur.

Le colonel restait muet, et fixait des regards étonnés sur Flavie qui continua :

— Si nous possédons tout ce qu'il faut pour élever notre fils dans ces idées, pourquoi ne pas nous en contenter? Regrettons-nous par hasard des trésors terrestres dans notre si cher cottage? N'es-tu pas, sans les richesses, toujours le même homme vaillant et courageux, qui a su frayer son chemin avec honneur à travers les difficultés de la vie? Et, puisqu'ici nous sommes satisfaits de notre position, pourquoi troubler notre tranquillité par des soucis d'avenir? Non, mon Lionel, sur ce point, tâchons de nous comprendre clairement. Si tu m'aimes, tu éviteras, au moins en présence de l'enfant, toute remarque sur Vivien, et toute allusion à ce que l'avenir peut modifier relativement à Lytonhall.

Elle avait parlé avec tant d'instance, avec une émotion qui lui était si peu habituelle que Monsieur de Bracy en fut tout bouleversé.

Malgré son caractère violent, cet homme avait un excellent cœur et savait respecter les nobles sentiments de sa femme. Ce n'était pas en vain qu'elle avait défendu son opinion, mais avant de se rendre, le colonel devait gronder et tempêter; puis, tout en flottant entre le rire et la colère, il s'écria :

— L'abbaye, et tout ce qui l'entoure, tombera en poussière avant que la paix soit troublée entre nous, Milady. Je ferai ce que tu désires. Et maintenant, ma meilleure amie, regarde-moi avec tes doux yeux, et oublie celles de mes paroles qui ont pu te mécontenter.

— Vois-tu, ajouta-t-il d'une voix tendre, tu as raison dans ton appréciation : tu es une femme prudente et j'aurais commis une grande bévue, si tu n'avais été là. Je sais manier l'épée, mais je ne saurais pas me gouverner sans toi : je veux me corriger, mon cher commandant. Tes désirs seront exécutés. Laissons dormir cette question d'héritage : en tout cas, nous n'en parlerons plus en présence de l'enfant; je veillerai sur ma langue.

— Tu me le promets?

— Je t'engage ma parole.

Flavie, sûre du silence de son mari, avait reconquis sa tranquillité; mais, pouvait-elle enchaîner les mauvaises langues? Pouvait-elle empêcher le mal produit par une parole imprudente! Non, mais elle pouvait veiller.

Le cœur de son fils était encore une cire molle, susceptible de recevoir de bonnes impressions, une terre de printemps d'où il était facile d'arracher les mauvaises herbes qui avaient pu s'y glisser.

Elle se rendit donc à la nursery, où sa petite fille buvait une tasse de lait avec un tel empressement que ses lèvres ressemblaient à deux cerises recouvertes de neige.

Clarence la plaisantait là-dessus. Sur le visage frais et vermeil de celui-ci, dans ses yeux étincelants, se lisaient la vie et la gaieté, et, en apercevant sa mère, il courut au devant d'elle pour la serrer dans ses bras.

— Maman, dit-il en la regardant d'un air mutin, je sais bien ce qu'a voulu dire le fermier Jakson. Il pense que l'oncle Carré est méchant et fera tout son possible pour que la vieille et belle abbaye ne soit pas mon partage. Mais, comment pourra-t-il l'empêcher? c'est moi l'héritier de Lytonhall.

Lady Flavie frissonna involontairement.

— Qu'est-ce que tu es? dit-elle d'un ton sévère.

Mais, le petit garçon répondit innocemment et sans s'émouvoir :

— L'héritier de Lytonhall. C'est ainsi que l'on me nomme toujours.

— Qui dit cela? demanda sa mère sans le quitter du regard.

— Eh bien! répondit l'enfant avec une certaine hésitation, les gens le disent très souvent; et, ajouta-t-il plus rassuré, papa l'entend toujours avec plaisir.

Flavie s'aperçut qu'il y avait déjà plus de mal qu'elle ne l'avait pensé.

Elle prit donc une décision rapide.

— Ecoute, Clarence, dit-elle avec douceur en attirant son fils sur son cœur : fais bien attention à ce que maman va dire : L'héritier de Lytonhall est mort; il est enseveli dans les profondeurs de la mer. Il n'y a donc plus d'héritier de Lytonhall qui appartient à l'oncle Mortaunt seul.

— Mais, il peut me donner l'abbaye.

— Oui, mon enfant, il peut te donner sa propriété, mais tu ne l'auras que quand le bon oncle sera mort.

— Non, le bon vieil oncle ne doit pas mourir : j'aime mieux ne pas avoir Lytonhall, répondit Clarence d'une voix sérieuse.

Sa mère ne put réprimer un sourire.

— Nous devons tous mourir, mon cher enfant; mais, nous prierons Dieu de donner à Sir Mortaunt de longues et paisibles années. Sois bien sage et cherche à lui faire plaisir, non pas pour qu'il te donne quelque chose, mais parce que c'est ton devoir. Ne l'oublie jamais; tu dois apprendre beaucoup et persévérer dans le travail, afin de devenir un honnête homme, très instruit, capable de grandes choses. Tu es tout notre orgueil : sois donc en honneur devant Dieu et devant les hommes. Pour cela, on n'a pas besoin d'avoir des propriétés et beaucoup d'argent. Tu vois bien que papa n'a pas toutes ces richesses, et cependant c'est un homme de cœur. N'est-ce pas, mon chéri, tu veux devenir comme lui et te créer une position dans la vie par un travail sérieux et assidu, au lieu d'être un paresseux qui attend qu'on lui donne quelque chose.

Les yeux de l'enfant étincelaient en écoutant sa mère.

— Oui, maman, répondit-il, je veux être sage et m'appliquer à tous mes devoirs, afin que tu sois fière de moi.

Flavie lui sourit.

Tout à coup, rendue attentive par un bruit de pas, la jeune femme se tourna du côté de la porte et aperçut son mari.

L'expression sérieuse du visage de celui-ci, le regard d'intelligence qu'il lui jeta, apprirent à Flavie qu'il avait été témoin de la conversation.

Le colonel s'avança rapidement, caressa les cheveux de l'enfant, et lui dit avec noblesse :

— Dieu te bénisse, Clarence ; obéis à ta mère et tu seras notre orgueil.

Flavie avait remporté deux victoires.

Épouvanté, il se leva sur son séant; ses lèvres tremblaient..... (page 44)

CHAPITRE IV

La première nuit à Lythonall

Vivien était revenu.

Au commencement de décembre, le froid avait glacé les chemins au milieu d'une nuit étoilée, et la fée de l'hiver avait répandu la première neige, comme un blanc linceul, sur les alentours de l'abbaye silencieuse, lorsque Monsieur Vivien Carré frappa à la fenêtre de Madame Margaret.

L'enfant gâté de Mistress Keint avait évité la grande entrée du parc.

Personne ne l'accompagnait, et il s'était enveloppé

d'amples et chauds vêtements pour ne pas être reconnu.
Cependant, la vieille Meg devina bien vite qui était là.

Elle trembla de tous ses membres, et sa main agitée
eut à peine la force d'ouvrir, à l'enfant prodigue, la maison de ses ancêtres.

— Mère Meg! lui cria-t-il, me voici après bien des
détours.

Et, il lui tendit une main fine et élégante.

La bonne vieille ne pouvait retenir sa joie.

« Mère Meg! » avait-il dit, c'était donc toujours son Vivien,
son cher grand enfant! Lui, seul, avait une voix si douce,
un ton si mélodieux. Oh! elle le reconnaissait bien là!..

Mais, quelle fut son épouvante quand elle put contempler, à la lumière vacillante de sa chandelle, ce favori
qu'elle avait déifié!

O Ciel! qu'était devenu ce garçon si joyeux, si beau,
si brillant!

Devant elle, il n'y avait plus qu'une ruine d'homme,
voué à la mort. Le visage de Carré était livide, et portait
l'empreinte d'une vie trop rapidement vécue.

Sa taille était courbée; il avait peine à se tenir debout,
et il se laissa tomber épuisé sur un siège, tandis que
ses yeux parcouraient avec étonnement tout ce qui l'entourait.

Sept ans sont un long espace quand on les a devant
soi; mais, c'est une goutte d'eau dans la mer de l'éternité, quand ils sont passés.

Était-ce la pensée du voyageur? Non, il avait perdu
ce que l'avenir ne lui rendrait jamais.

Comme s'il était fatigué de l'accueil bienveillant de la
pauvre Meg, il ferma un instant les yeux pour les ouvrir
de nouveau et regarder autour de lui.

Tout était dans le même état qu'à son départ; mais, il

écouta en vain pour entendre dans le vestibule le son de voix bien connues.

L'abbaye était silencieuse et morne, comme le petit cimetière de Lyton, où dormait sous la neige Amy Mortaunt.

Elle n'était plus là, la charmante enfant, pour lui souhaiter la bienvenue : il arrivait trop tard, et le vieillard de la cellule solitaire ne venait même pas le recevoir.

— Comment va mon oncle Mortaunt, mère Meg?

Ce fut la première question que Vivien adressa à voix basse en suivant des yeux l'intendante qui ne se lassait pas de répondre et de donner des détails, pendant qu'elle préparait un réconfortant pour le voyageur.

Il la laissa faire. A tout ce qu'elle désirait, disait, conseillait, il faisait un geste d'assentiment, mais il évitait adroitement de répondre à ses questions. Il retrouvait pour cela le caractère léger de sa jeunesse : il en avait même encore l'attrait, bien que dans son extérieur l'on ne reconnût point l'élégant cavalier d'autrefois, sauf dans ses vêtements qu'il avait fait faire chez un des premiers tailleurs de Paris. Mais, la facture n'en était pas payée, et Vivien, dénué de ressources, n'avait plus un sou dans sa poche.

Malgré sa fatigue, il prêtait la plus grande attention au récit de Meg qui, naturellement, parla bientôt de lady Flavie, du cottage et de ses habitants.

Ce sujet inépuisable fit passer tout le reste à l'arrière-plan, jusqu'à ce qu'enfin on se souvint du maître de la maison; et Margaret comprit qu'il fallait cependant annoncer le nouveau venu.

Entre l'oncle et le neveu, l'entrevue fut brève et calme. A peine Vivien essaya-t-il d'agir sur le caractère du vieillard par l'expression de son repentir.

Sir Mortaunt coupa court à toute explication : Vivien le

comprit et se soumit avec une déférence qui étonna son oncle.

Mais, le propriétaire de Lytonhall fut surtout frappé de la décrépitude de ce jeune homme qui allait au-devant d'une mort prématurée.

Pendant la guerre d'Espagne, une balle lui avait cassé la jambe gauche et l'avait rendu boiteux. Les privations ou les suites d'une vie trop agitée avaient fait le reste ; et Vivien, à trente-cinq ans, n'était plus que l'ombre de lui-même.

Sir Mortaunt le reçut froidement, mais sans le blesser.

Tout en évitant toute démonstration, il n'oublia pas un instant que le nouveau venu était son hôte à qui rien ne devait manquer. Pour cela, il s'en rapportait à son factotum.

Néanmoins, il éprouvait une inquiétude comme il n'en avait pas ressenti depuis longtemps. La vue de son neveu lui rappelait trop vivement les temps passés, et Vivien avait excité sa compassion. Or, la compassion est une terre molle qui produit facilement l'affection.

Peut-être, l'enfant prodigue avait il compté sur ce résultat.

Tout son être respirait un profond sentiment de repentir, une humble résignation qui cachait à peine la fatigue dont il était physiquement et moralement accablé.

Aussi, bientôt, le vieillard insista plus qu'il n'en avait eu l'intention pour que son neveu s'installât commodément, en s'abandonnant aux soins de Margaret.

Vivien se soumit d'abord avec prudence ; mais, quelques instants plus tard, il prétexta son besoin de repos pour se retirer dans l'appartement qu'on lui avait préparé.

Dès qu'il fut seul, il respira librement comme si on lui

avait enlevé un fardeau. Son visage prit une autre expression : on eût dit qu'il se dépouillait d'un masque.

La fatigue et l'abattement étaient seuls réels : il se laissa tomber dans un fauteuil.

Cependant, la fiévreuse surexcitation morale qu'il avait comprimée jusque-là ne lui laissa aucun repos, et il parcourut la chambre qui devait être sa demeure.

Elle était située dans une tour : c'était l'ancienne cellule de l'abbesse, et les enfants de Lytonhall l'avaient toujours considérée avec un certain respect. Mère Meg, qui la regardait comme la meilleure chambre de la maison l'avait ornée spécialement pour son favori. Rien n'y manquait sous le rapport du confortable; et, malgré l'hiver, de belles fleurs s'épanouissaient sur la table de travail, près de la fenêtre, pour souhaiter la bienvenue au voyageur.

Vivien ne les vit même pas : il écarta les rideaux d'étoffe précieuse et regarda dans la froide nuit de l'hiver.

Le ciel sombre, au milieu de son scintillement d'étoiles, formait un magnifique contraste avec le sol blanc que la gelée des derniers jours avait recouvert d'un réseau d'argent. La glace suspendait des perles aux branches des arbres et entourait les corniches de la tour d'un chapelet de diamants.

Le jeune homme contempla chaque détail en évitant toutefois de jeter les yeux sur le cimetière de Lyton.

Tout à coup, il frissonna; puis, un sourire ironique plissa ses lèvres. Son regard avait glissé à travers le parc jusqu'à la campagne voisine.

— Enfin, murmura-t-il, me voici de nouveau chez moi! Chez moi! dans le vieux nid; je puis dire maintenant : « j'y suis, j'y reste. » La propriété sera mienne. Patience!

Et, promenant complaisamment sa vue sur les environs, il continua :

— Il s'agit d'être prudent avec Flavie. Comment va-t-elle m'apparaître? Belle? elle ne l'a jamais été. Je l'aimais bien autrefois; mais, aujourd'hui son intérêt personnel en fera mon ennemie. Cependant, elle a toujours été bonne pour moi... elle a un cœur si généreux! et le colonel? Bah! c'est un accessoire. Fred l'appelle un orgueilleux fou ; l'oncle Mortaunt ne peut pas le sentir, cela suffit. Mais, à cause de Flavie, il faut être prudent : c'est une Mortaunt..... Oh! comme tout est solitaire!... Ma blessure me brûle. Ciel ! que la jambe me fait mal ! Vois ce que tu es devenu, Vivien Carré! un pauvre boiteux... Mais, le pauvre boiteux saura supporter la vie comme seigneur de Lytonhall... La fièvre m'agite... le feu s'éteint... j'ai froid... je vais me coucher.

Mais, le sommeil ne vint point.

Le jeune homme éteignit sa lumière ; l'obscurité ne calma pas ses nerfs. La lune filtrait entre les rideaux et zébrait les tapis : le silence de la tombe régnait partout.

Soudain, il lui sembla entendre un pas léger glisser mystérieusement dans le corridor.

Etait-ce la vieille abbesse qui faisait sa ronde nocturne avant de rentrer dans sa cellule?

Involontairement, Vivien se tourna vers la porte. Un beau visage de femme, blanc comme la cire, le regardait avec des yeux brillants.

Epouvanté, il se leva sur son séant; ses lèvres tremblaient, ses yeux hagards fixaient le fantôme qui s'approchait de plus en plus.

Celui-ci se pencha sur lui :

— Vivien, Vivien ! cria-t-il d'un ton de reproche, comment as-tu pu me traiter si cruellement? Je meurs sans secours!

Carré poussa un cri d'angoisse : ses deux mains tremblantes s'ouvrirent : elles ne saisirent que le vide. La figure avait disparu et l'on ne voyait sur la muraille que les pâles rayons de la lune.

Vivien se leva avec effort pour croiser les épais rideaux devant la fenêtre ; et, la sueur froide au front, il cacha sa tête dans les coussins et resta immobile.

Enfin, il s'endormit ; mais, son rêve lui fit retrouver encore ce beau visage pâle, aux yeux noirs si troublants.

Certainement, la pieuse abbesse n'en avait pas de pareils, ni la douce et patiente Amy Mortaunt : non, ce n'étaient pas elles qui avaient poursuivi Vivien Carré jusque dans ses rêves pendant sa première nuit à Lytonhall.

—•◆◆◆•—

Vivien était devenu surtout le favori de la petite Amy (page 51)

CHAPITRE V

L'héritier de Lytonhall

Le printemps répandait les feuilles et les fleurs sur les arbres et les buissons. Vivien était de nouveau accoutumé à son premier pays et vivait en bonne intelligence avec son oncle.

C'était vraiment curieux de voir avec quelle rapidité le vieillard s'était laissé vaincre par son neveu, le dernier membre de sa famille disparue dans les flots du temps !

Etait-ce la mélancolie répandue sur l'extérieur tout entier de Vivien ? était-ce la tristesse indicible de son regard ? était-ce sa soumission complaisante en contradiction avec

l'indépendance et la légèreté des années d'autrefois?
Etait-ce sa faiblesse, son infirmité qui amollit le cœur de
Sir Mortaunt? Peut-être, tout cet ensemble contribua-t-il
à inspirer au vieillard une compassion croissante et enfin
une affection profonde pour celui qui, par la mort de son
propre fils, était le plus proche représentant de sa race.

Il aimait Flavie et lui témoignait beaucoup d'estime; il
évitait même soigneusement tout ce qui aurait pu lui faire
deviner les nouveaux sentiments qui s'étaient réveillés
dans son cœur; il lui témoignait le désir de recevoir souvent ses visites; mais, cette insistance même fit comprendre à la nièce que son oncle avait une préférence. Sous
l'empire du pressentiment que tout allait prendre une
autre tournure dans la vieille abbaye, elle sentit la froideur l'envahir vis-à-vis de son oncle, bien que son orgueil
lui défendît de laisser voir sa surprise.

Il en était autrement de son mari.

M. de Bracy remarquait avec tristesse la bonne intelligence qui régnait entre Sir Mortaunt et Vivien Carré. Heureusement pour Clarence, la sollicitude de sa mère l'avait
éloigné à temps de la maison.

Peu après le retour de son cousin, l'enfant avait été envoyé au collège d'Eton, ce qui ôtait à son père l'occasion
d'exprimer, en présence de l'enfant, le chagrin qu'il éprouvait des relations amicales de l'oncle et du neveu.

Cependant, le colonel s'accoutuma petit à petit à ce qui
d'abord lui avait paru insupportable : la présence de
Vivien lui fut même agréable. Et, plus il constatait la di-
minution des forces du jeune homme, plus sa colère s'a-
paisait.

« Hélas ! ce pauvre malheureux ne pouvait pas être bien
longtemps un obstacle. »

C'était cette idée qui le rendait involontairement plus

Le vieux châtelain aimait à se promener au grand air, en compagnie de son neveu (page 53

4

doux vis-à-vis de cet homme qui savait être un si bon camarade.

Mais, dès que la glace eût été rompue, Monsieur de Bracy fut heureux de pouvoir causer, faire des plans et raconter ses campagnes sans être interrompu. Il trouvait toujours en Vivien un auditeur bienveillant qui possédait le grand art de laisser parler les autres et de se taire soi-même.

Avant l'automne, le colonel était réconcilié avec le cousin de sa femme, et disait partout qu'il était meilleur que sa renommée.

Mais, ce qui acheva de gagner son amitié, ce fut l'affection de Vivien pour les enfants de Bracy. Chaque fois que parvenaient des nouvelles de Clarence, son intérêt s'éveillait; il se réjouissait, avec les parents, des progrès du jeune élève comme de ses espiègleries dans lesquelles, en vrai fils de son père, il essayait de jouer le principal rôle.

A tous ces récits, le colonel ne riait pas de meilleur cœur que Vivien.

Mais, Vivien était devenu surtout le favori de la petite Amy. Toujours elle l'accueillait d'un gai sourire; et, lui-même avait pour elle une vive tendresse où se mêlait parfois une mélancolie inexplicable.

Aussi, toutes ces amabilités lui gagnèrent-elles bientôt, non seulement les bonnes grâces du père, mais encore celles du seigneur de Lytonhall.

Il n'en é'ait pas de même de lady Flavie : plus prudente que son oncle, moins nerveuse que son mari, elle attendait pour porter un jugement. Elle n'avait pas oublié le passé de Vivien, mais elle ne se permettait jamais d'y faire allusion, surtout en présence de Sir Mortaunt.

Sa noble nature le lui défendait; mais, d'un autre côté

son esprit tranquille et clairvoyant lui disait de ne pas se
fier à Vivien. Elle l'abordait toujours amicalement, et
même avec bonté quand elle voyait les ombres de la tristesse couvrir les efforts qu'il faisait pour être gai, ou
quand elle s'apercevait qu'il luttait contre sa faiblesse
corporelle pour ne pas y succomber. Dans ces moments,
elle éprouvait de la compassion pour lui, mais sa méfiance
la retenait.

Elle ne se laissait pas dominer par la jalousie, et cependant un sourire méprisant plissait ses lèvres, en voyant
le vieux châtelain subir une influence qui croissait de jour
en jour.

Telles étaient les relations entre le cottage et la vieille
abbaye.

Au château, gouvernait Mistress Margaret dans un
triomphe muet.

— Nous avons gagné la partie, murmurait-elle confi-
dentiellement à Fred Merlitt avec une visible satisfaction.
Le vieux est réconcilié; il prend soin de Monsieur Vivien;
il ne pense plus qu'à son neveu qui a reconquis la place à
laquelle il avait droit. Aurait-il pu en être autrement?
C'est lui qui doit récolter. Si seulement il reprenait des
forces! Espérons qu'il se rétablira dans la belle saison.

L'été revint avec toute sa splendeur. Dans les allées du
parc, les oiseaux gazouillaient, au milieu de la verdure,
leurs plus suaves chansonnettes; le soleil lançait ses flè-
ches d'or jusque dans l'obscurité des buissons, et les cimes
orgueilleuses des arbres balançaient leurs couronnes aux
rayons brillants du jour. Le reflet de toutes ces beautés
donnait un aspect riant aux tourelles de la vieille abbaye,
dont l'intérieur luttait aussi avec les magnificences de la
nature.

Sur l'ordre de Margaret, les longs corridors avaient été

convertis en bosquet de plantes en fleurs, sous lesquels on pouvait se reposer loin de la chaleur accablante du dehors.

La saison, cependant, commençait à fatiguer le vieux châtelain qui aimait à se promener au grand air, en compagnie de son neveu. Peu à peu, il s'intéressa de nouveau à ce qui se passait autour de lui, porta son attention sur une foule de petits détails, et reprit ses visites dans les environs.

Mais, un soir, il se sentit très abattu; le lendemain, il fut obligé de garder la chambre; et, quelques jours après, il allait rejoindre ceux qu'il avait le plus aimés ici-bas.

. . . .

La mort de Sir Mortaunt fut, pour la contrée, comme un coup de foudre.

Ses fermiers, le voyant revenir à la vie, lui promettaient des jours plus longs qu'à Monsieur Carré. Et, maintenant, c'est sur celui-ci que l'on jetait les yeux. On l'avait vu, pendant les derniers mois, vivre en si bonne intelligence avec le vieillard que tous le regardaient, sans conteste, comme l'héritier désigné de Lytonhall.

La voix du peuple disait la vérité. Les dernières volontés de Sir Mortaunt instituaient Vivien Carré seigneur de l'abbaye, mais lui enlevaient le droit d'en disposer, s'il mourait sans héritier. Dans ce cas, tout devait revenir à Clarence de Bracy, fils de Flavie.

En voyant l'état maladif de Vivien, le vieillard avait sans doute pensé qu'il ne se marierait jamais; et, dans son esprit de réconciliation, il n'avait pas voulu témoigner de la défiance à son neveu, mais lui donner une preuve de bonté en ne le déshéritant pas, et le déclara maître de la propriété, sans en priver plus tard le jeune de Bracy.

Tous ceux qui voyaient Vivien partageaient cette idée

qui paraissait d'autant plus juste que le testament renfer-
mait des dispositions très favorables pour les enfants de
lady Flavie.

Les de Bracy n'avaient qu'à en prendre leur parti, et ils
le firent avec dignité.

Néanmoins, tandis que Flavie ne disait pas un mot qui
pût trahir sa désillusion, le colonel, après le premier moment de dépit, trouva que l'on pouvait accorder à Vivien
une possession qui ne serait pas de longue durée.

Mais, Monsieur de Bracy, qui voyait si loin, devait se
tromper dans son appréciation.

A son grand étonnement, comme à la surprise de tous,
Vivien commença à reprendre des forces. L'air natal et les
bons soins dont il était l'objet, semblaient opérer des mi-
racles, surtout depuis qu'il était maître indépendant à
l'abbaye.

Après les jours de deuil et leurs fatigues inévitables, on
s'aperçut d'un changement considérable dans la santé
de Monsieur Carré et aussi dans son caractère : sa bonne
humeur, son enjouement, son amabilité, tout disparut en
un clin d'œil.

Il n'était pas seulement mélancolique, mais souvent
méfiant et irritable.

Mère Meg, elle-même, souffrait de ses brusqueries :
Monsieur Vivien ne priait plus, il commandait.

Le ton de sa voix, ses allures, tout son être ne rappe-
laient plus ses anciennes prévenances. A quoi bon réprimer maintenant ses mauvaises passions? il avait atteint
son but !

Il ne pensa même plus à se surveiller pour donner aux
autres une bonne opinion de lui-même.

C'est ce qu'éprouva le colonel de Bracy et surtout Fred

Merlitt que Vivien avait autrefois traité en ami et qu'il regardait maintenant comme un subordonné.

Madame Margaret n'avait pas un meilleur sort, et elle apprit à obéir aux caprices de son favori contre sa propre volonté.

Celui-ci ne lui donnait plus très souvent ce doux nom de « mère Meg » qui lui faisait tant de plaisir.

Un soir, cependant, vers la fin de l'été, le nouveau châtelain retrouva de flatteuses paroles pour la vieille intendante.

La conversation paraissait très animée, et Mistress Keint écoutait, les yeux étonnés, les confidences de Vivien. De temps à autre, elle secouait la tête d'un air étrange; mais, enfin, elle s'inclina et promit de faire ce qu'il lui demandait.

En rentrant chez elle, mère Meg ne put réprimer un sourire.

— Il a besoin de moi, murmurait-elle. C'est maintenant qu'il faut à Lytonhall une adroite ménagère.

Il pensait à Amy Lyton dont le cœur était toujours disposé à pardonner (page 63)

CHAPITRE VI

Lady Flavie

L'amélioration qui s'était produite dans la santé de Monsieur Carré s'arrêta tout à coup.

Fallait-il attribuer ce résultat aux influences atmosphériques? Ses nerfs surexcités étaient-ils incapables de supporter plus longtemps les variations subites de la température? Allait-il lui-même au-devant d'une crise?

Les rhumatismes le couchaient paralysé sur son lit de douleur, dans ce même appartement confortable qu'avait habité quelques mois auparavant un autre châtelain, ce solitaire fatigué du monde.

Tout était resté comme à la mort de Sir Mortaunt : les personnes seules avaient changé. Mais, le maître actuel de Lytonhall, avec ses trente-six ans et un cœur tourmenté par un nouveau désir de la vie, ne connaissait pas la résignation qui avait donné le calme à son prédécesseur. Ses pensées ne s'occupaient plus du passé : elles se portaient vers l'avenir. Les heures présentes lui semblaient s'écouler avec une lenteur indicible. Il s'en plaignait tous les jours, mais particulièrement aujourd'hui, car il attendait sa cousine Flavie qu'il avait priée de lui faire une visite.

Depuis que son oncle avait quitté Lytonhall, elle n'était venue que très rarement à l'abbaye.

La vue de Vivien lui était pénible, mais elle n'avait pu rejeter la demande que son mari lui avait transmise en disant avec compassion :

— Le pauvre Carré doit se sentir affreusement isolé : on dirait qu'il désire quelque chose que toutes ses richesses ne peuvent lui procurer.

Le bon Monsieur de Bracy disait vrai. Vivien Carré soupirait après un bonheur qu'il avait autrefois dédaigné avec une insigne légèreté, éprouvant maintenant la même peine qu'il avait causée à la pauvre Amy Mortaunt.

Peut-être ne ressentait-il jamais plus profondément cette douleur que quand il apercevait lady Flavie dans sa noble dignité de femme. Il ne pouvait plus se rendre au cottage, mais il désirait voir sa cousine.

Elle arriva, tenant par la main sa petite fille qui se précipita en courant vers l'oncle Vivien.

Le malade la pressa dans ses bras, avec impétuosité, avant d'avoir vu Madame de Bracy. Celle-ci le salua avec son calme habituel en s'asseyant à côté de lui.

La conversation fut d'abord animée, mais bientôt Vivien ne répondit que par monosyllabe.

Tandis que l'on parlait de choses indifférentes, elle l'observait attentivement : il paraissait très abattu.

— Es-tu fatigué, Vivien? dit-elle en s'interrompant. Si tu veux, je vais me retirer avec la petite.

— Non, répondit-il vivement. Laisse l'enfant : elle s'amuse tranquillement et ne nous dérange pas... Je voudrais... j'ai quelque chose à te dire, Flavie; veux-tu m'écouter?

— Si je puis t'être utile, parle, Vivien, je t'en prie.

— Oui, Flavie, dit-il avec l'accent de la prière, si tu me juges avec douceur.

— Il sembla se recueillir; puis, il reprit :

— Tu sais que j'ai mené une vie désordonnée, que j'ai fait bien des folies, mais tu ignores une chose qui, peut-être, te blessera profondément .. Il y a quatre ans, je me suis marié en Espagne.

— Tu es marié?... répéta Flavie en le regardant surprise : l'oncle Mortaunt le savait-il?

Vivien baissa les yeux :

— Non, dit-il; je le lui ai caché.

— C'est-à-dire que tu l'as trompé, reprit-elle d'un ton aigu. Tu lui as caché la vérité : tu as vécu de mensonges pour en tirer du profit.

— Ne me juge pas si sévèrement! dit Vivien. Aie la bonté de m'écouter : peut-être pouvons-nous encore devenir bons amis.

Les yeux de Milady étincelèrent d'un singulier regard; mais, elle ne les leva point sur son cousin : elle pencha seulement la tête pour lui faire comprendre qu'elle attendait une explication.

— Pourquoi aurais-je annoncé à l'oncle Mortaunt un mariage qui aurait pu le chagriner? pourquoi lui faire une nouvelle peine, puisque ma femme est morte et qu'un aveu n'aurait été d'aucune utilité!

— Ah! ta femme est morte? interrompit Flavie un peu calmée.

Si elle avait été trompée un moment par l'excuse de son cousin, elle comprit bientôt que celui-ci n'était pas sincère.

— Oui, continua-t-il, elle mourut dans tout l'épanouissement de sa vie, ma pauvre et chère Ricarda. C'était une enfant du peuple, une paysanne ravissante, une vraie fille d'Espagne, d'une beauté charmante. Tous ceux qui la voyaient en étaient éblouis : mes camarades lui présentaient leurs hommages, mais elle me préféra à tous. Fou de joie, j'oubliai l'Angleterre et ma position. Je demandai sa main et notre mariage fut béni. Ricarda me suivit pendant toute la guerre d'Espagne, mais je dois te l'avouer, Flavie, souvent j'ai dû rougir de son peu d'éducation. De là, des scènes désagréables et qui troublaient la paix du ménage. Elle devint très irritable, maladive; et, enfin, je fus obligé de me séparer momentanément pour le bien de notre enfant. Car, j'ai une petite fille, un peu plus jeune qu'Amy : elle est restée en Espagne chez des amis de sa mère, après la mort de celle-ci.

Flavie écoutait en proie à une muette indignation.

Elle en savait assez, et elle comprit tout. Il avait une enfant : c'était l'héritière de Lytonhall.

Vivien avait trompé pour que la vieille abbaye devint la propriété de son enfant, la fille d'une aventurière espagnole à qui l'oncle Mortaunt n'eût jamais laissé la maison de la famille.

Ainsi, par la fourberie de son cousin, son fils tant aimé perdait l'héritage de Lytonhall que le vieillard lui avait réservé!

Flavie se détourna de Vivien, se leva et voulut quitter la chambre.

— Aie pitié de moi! lui cria-t-il; ne me quitte pas ainsi; ne me méprise pas!

— Comment pourrais-je ne pas mépriser ta manière d'agir? reprit-elle en martelant chaque mot.

En la voyant se dresser de toute sa hauteur, Vivien se sentit pris de repentir.

Il aurait beaucoup donné, pour obtenir le pardon de Flavie, dont il eût supporté la colère plus facilement que le mépris.

— Sois bonne, Flavie! murmura-t-il d'une voix entrecoupée; ne te fâche pas contre ma petite fille qui n'a plus de mère. Par amour pour ton enfant, ne lui fais pas expier les fautes de son père envers toi. Sois pour elle une généreuse protectrice.

Flavie luttait avec elle-même : elle pensait à son fils évincé par la ruse et le mensonge; mais les mots « sans mère » l'avaient attendrie en voyant la petite Amy se serrer contre elle.

— Loin de moi, dit-elle, la pensée de rendre ton enfant responsable de tes égarements. Je souhaite sincèrement que ta faute ne jette jamais une ombre sur son chemin.

— Je te demande plus que cela, Flavie : la petite a besoin de toi. Meg Keint est une personne fidèle, mais elle n'est qu'une domestique et elle ne peut être autre chose pour mon enfant. Je dois faire venir ma fille : elle ne peut rester plus longtemps en Espagne. Sa nourrice, qui en a pris soin jusqu'ici, me presse d'aller la chercher : c'est une femme énergique, et je dois me soumettre à sa volonté. Et, moi-même je désire revoir cette petite. Si je la fais venir, lui permettras-tu d'aller vous voir au cottage et d'être l'amie d'Amy?

— L'enfant peut venir nous voir, reprit Flavie d'un ton bien compréhensible. Nous verrons alors si elle peut être la compagne d'Amy.

— Je te remercie, dit-il avec un sanglot dans la voix. Sois assurée que par ta bienveillance tout se réparera. Regarde l'avenir : pourquoi ma petite Ricarda ne deviendrait-elle pas aussi la compagne de jeu de ton fils, et plus tard son épouse?

Flavie regarda fièrement son cousin, et lui dit d'un ton bref :

— Laissons cela! Quand le temps sera venu, mon fils choisira lui-même sa femme. Nous ne pensons qu'à l'élever pour le mettre à même de faire un choix digne de nous. C'est là tout mon souci, et je ne fais pas d'autres plans!

Elle se croyait sûre de la victoire en prononçant ces paroles, et elle ne se doutait pas que la fermeté de ses principes serait mise à une rude épreuve!

— Je pense maintenant que nous n'avons plus rien à nous dire; il faut que je retourne au cottage.

Elle partit en le saluant légèrement et sans lui donner la main. Vivien n'osa pas la retenir.

Quand elle eut refermé la porte, il retomba sur ses coussins comme brisé.

Pendant des mois, il avait eu son but devant les yeux; il avait joué les rôles les plus différents pour obtenir ce qui lésait les droits de cette femme; il avait réussi, et cependant elle le quittait victorieuse, tandis qu'il se sentait condamné moralement par son mépris.

Pour lui, qui s'était joué si souvent d'une affection, qui avait méprisé les sentiments les plus sacrés du cœur, sonnait l'heure où il demandait en vain un dévouement sincère, une sympathie véritable.

Il avait obtenu des richesses et une vie de bien-être; mais, autour de lui, tout était désert au milieu de ces appartements luxueux où il restait comme un banni, dévoilé et méprisé par la seule femme avec laquelle il eût voulu se réconcilier.

Il pensait à Amy Lyton, dont le cœur affectueux était toujours disposé à pardonner!

Il pensait à la ravissante Espagnole dont les yeux étincelants de colère, dont les lèvres frémissantes avaient si souvent formulé de sang'ants reproches, et qu'il apaisait d'un sourire.

— O pauvre et chère créature! soupirait-il à ce souvenir! O ma Ricarda que j'ai abandonnée, combien je voudrais tenir maintenant les promesses que je t'ai faites! Hélas! il est trop tard! . . . .

. . . .

La jeune femme poussa un soupir et aussitôt une paysanne accourut (page 66)

CHAPITRE VII

Dans les pays lointains

Le mugissement de la mer se faisait entendre jusqu'à une petite ferme non loin de Mataros.

Là, au temps de la guerre des partisans qui désola l'Espagne vers 1840, cette demeure, bien que dorée par les rayons du soleil et entourée des richesses d'une nature méridionale, offrait un aspect misérable.

L'intérieur, lui-même, faisait une triste impression.

Dans une chambre peu commode reposait une femme malade. Elle prêtait l'oreille au bruit des vagues et sur ses traits se reflétait une angoisse indicible, une souffrance inexprimable.

De temps à autre, elle tordait ses mains fines et les laissait retomber de désespoir sur la couverture, en poussant des sanglots.

Elle semblait n'avoir plus que quelques jours à vivre, bien qu'elle fût encore dans toute sa jeunesse. A peine avait-elle vingt ans.

Cette jeune femme portait encore les signes d'une beauté ravissante que le chagrin, les privations et les souffrances n'avaient pu détruire : les ombres de la mort même qui la menaçait n'enlaidissaient pas ses traits réguliers.

Devant la porte, on entendait les cris joyeux de petits enfants, qui apportaient à la malade une nouvelle douleur.

Celle-ci s'endormit bientôt..,...

Quelques heures s'écoulèrent ainsi. Le soleil disparut de l'horizon ; les voix argentines se turent au-dehors, mais à l'intérieur, une main active mettait tout en ordre.

La jeune femme s'éveilla et voulut appeler ; mais, sa voix trop faible ne put pousser qu'un soupir, et aussitôt une paysanne accourut.

— Mercédès ! dit la malade, Mercédès ! je meurs !... Aie pitié de moi !.. Mon enfant ! mon enfant !

— Elle dort, Ricarda ! Laisse-la sommeiller et reste bien tranquille. Tu ne mourras pas encore, ajouta-t-elle en lui présentant une potion.

La malade refusa et retomba épuisée. Son visage prit une expression de désespoir qui émut sa sauvage compagne.

Celle-ci se pencha épouvantée sur Ricarda qui ouvrit de nouveau ses yeux pleins d'angoisses.

— Laisse-moi voir mon enfant, Mercédès, je t'en supplie ; et, promets-moi d'en avoir soin jusqu'à ce que mon mari vienne la chercher. Quant à moi, il ne me reverra plus. Jamais je ne goûterai la félicité qu'il m'a promise. Le bonheur terrestre vient trop tard pour moi.

— Ne te plains pas, Ricarda! tu n'as pas voulu mieux; tu étais une insensée. Subis ton sort. Mais, pour ton enfant, sois sans inquiétude : je m'en charge et je veillerai sur elle.

— Me le promets-tu? murmura la jeune mère avec un regard si suppliant que sa farouche garde-malade en fut troublée.

Néanmoins, Mercédès réprima énergiquement son émotion, et dit d'une voix brève :

— Je te le promets.

— Tu en auras bien soin, et tu recommanderas à son père de...

— Rassure-toi, interrompit Mercédès, je lui dirai tout ce qui est nécessaire et je lui parlerai plus clairement que tu n'osais le faire. Par la Madone! je ne le laisserai pas dans le doute sur ses devoirs. Qu'il revienne seulement en Espagne.

— Dis-lui que je pardonne! Ah! balbutia-t-elle, moi aussi j'ai besoin de pardon. Mercédès! encore une prière, la dernière : Le Père Bonaventure! fais-le venir près de moi!

— Ce n'est pas un hôte pour ma maison, dit Mercédès avec un sourire de mépris; mais, si tu le désires, il viendra demain.

— Demain! sanglota la malade d'une voix désillusionnée.

— C'est assez tôt, reprit Mercédès d'une voix rude. Du reste, Gennaro peut aller la chercher à son retour.

— Merci, Mercédès.

— Bois, maintenant.

Et, la pauvre femme essaya d'avaler la potion, mais elle n'eut que la force d'y tremper ses lèvres.

— Je ne puis plus rien prendre, dit-elle : j'ai un trop grand désir de voir mon enfant.

— Eh bien ! tu l'auras : je vais la réveiller.

Elle revint bientôt, portant dans ses bras une petite fille de trois ans, à moitié endormie.

Sans dire un mot, elle déposa l'enfant près de la malade qui l'embrassa passionnément en l'inondant de ses larmes.

La petite se réveilla, ouvrit les yeux, sourit à sa mère dont elle caressa les joues amaigries, en murmurant :

— « Madre mia ».

Puis, elle se rendormit.

— Ange de Dieu, supplia la mère, les yeux fixés au ciel, protégez mon enfant quand je ne serai plus. Ayez-en soin; conduisez-la à son père et ne l'abandonnez dans aucun danger. O mon Dieu, mon doux Sauveur! donnez un ange comme protecteur à cette innocente créature, et envoyez-m'en un pour me guider en cette heure de ténèbres qui m'introduira dans l'éternelle lumière.

Mercédès, dans la chambre voisine, s'arrêta tout à coup au milieu de ses occupations : elle venait d'entendre un pas ferme au dehors, et bientôt un jeune homme, portant un uniforme anglais un peu usé, parut sur le seuil. Son œil vif et malin avait un regard aussi fier que celui d'un grand d'Espagne. Il fit un signe imperceptible à Mercédès, s'appuya contre le montant de la porte, et demanda à voix basse :

— Comment va-t-elle?

— Cela n'ira plus longtemps, répondit-on.

— Pauvre créature! son bonheur a été de courte durée!

reprit il d'une voix qui trahissait son émotion. Elle eût mieux fait de se confier à l'humble Gennaro.

— Tu es fou, dit Mercédès avec mépris. Je crois vraiment que tu la plains! Alors, tu peux lui rendre service : elle demande le Père Bonaventure. Va l'appeler demain matin.

L'œil de Gennaro s'assombrit.

— Le Père Bonaventure n'est pas mon ami, répliquat-il en grondant, et je ne suis pas le sien. Pourquoi viendrait-il près de Ricarda?

— Elle ne veut pas aller dans l'éternité sans être secourue.

— Va-t-elle donc réellement mourir?

— Je le crois ; à peine a-t-elle encore deux ou trois jours à vivre.

— Je vais la voir.

— Ouvre la porte : l'enfant est près d'elle.

Gennaro tendit la tête prudemment, et Ricarda qui l'aperçut lui fit signe d'approcher.

Il s'avança presque en tremblant, et la petite s'éveilla en souriant au nouveau venu dont elle ne pouvait prononcer que la dernière syllabe du nom.

La malade eut une suffocation : elle ne pouvait plus tenir sa fille.

— Donne-la moi, Ricarda, dit-il doucement.

L'enfant se précipita dans ses bras.

— Gennaro, soupira la mère, je t'ai offensé un jour : pardonne-moi.

— Ne parle pas, tu me fais de la peine.

— Aime-la comme tu m'as aimée. Protège-la, quand ta sœur sera trop rude pour elle. Sois bon pour la petite Ricarda.

— Par amour pour toi, oui! Caramba! je veux oublier son père, qui m'a volé mon bonheur.

Il ne put en dire davantage : l'angoisse peinte dans les yeux de la malade l'effrayait.

— J'emporte l'enfant pour t'envoyer Mercédès.

— Pour l'amour de Dieu! cria-t-il à celle-ci, va près d'elle et porte-lui secours : elle va mourir... non pas demain, mais cette nuit.

Puis, prenant une détermination :

— Je cours chercher le prêtre, dit-il.

Il déposa avec précaution l'enfant sur un petit lit, et courut de toute la vitesse de ses jambes.

Une demi-heure après, il arrivait avec le père Bonaventure (page 74)

CHAPITRE VIII

Trop tard

Gennaro était bouleversé.

Il avait aimé Ricarda, dont la famille pauvre et honnête faisait partie du peuple espagnol.

La mère de Mercédès l'avait eue d'un premier mariage, et s'était remariée avec un Anglais qu'elle suivit à Gibraltar et plus tard dans les Indes.

Mercédès resta à Barcelone, épousa un paysan de Malaro, et, dans son veuvage, se fixa à la petite ferme qui était sa propriété.

Son frère, beaucoup plus jeune, avait passé sa vie tan-

tôt en Espagne, tantôt en Angleterre où il s'était engagé
dans la légion britannique.

A son retour, il avait trouvé Ricarda, sa compagne
d'enfance, devenue une des plus belles jeunes filles de
Barcelone.

— Prends patience, lui disait-il, quand j'aurai fini mon
temps et obtenu mon grade, nous fonderons ensemble
une famille.

Mais Ricarda, sachant bien que Gennâro n'arriverait
pas à un grade élevé, préféra recevoir les hommages des
officiers anglais.

L'un d'eux, surtout, lui parlait sans cesse de la situation brillante de sa famille; il sut lui représenter l'avenir sous de si brillantes couleurs qu'elle lui donna sa
main.

Cependant, dès la première année, les nécessités de la
guerre vinrent séparer les jeunes époux; et, au lieu du
bonheur promis, Ricarda ne trouva que les inquiétudes et
la misère.

Pour obtenir secours et consolation, elle vint demander
asile à Mercédès, son ancienne amie, et ce fut là qu'elle
donna le jour à sa petite fille.

Elle vécut avec celle-ci dans une solitude relativement
calme; son mari venait de temps en temps, et à la hâte,
lui consacrer une heure fugitive dérobée, disait-il, à ses
nombreuses occupations.

Mercédès elle-même, mariée depuis quelques mois, dis-
posait de la ferme en maîtresse; elle soignait Ricarda par
intérêt et selon les désirs du jeune anglais parce qu'il la
payait largement.

Une riche récompense l'attendait aussi lorsque, deux
ans plus tard, Ricarda revint de Madrid où elle ne pouvait rester davantage.

Vivien ramena sa femme à la ferme, en priant Mercédès
de l'accueillir encore, pendant qu'il irait régler des affaires en Angleterre.

Mercédès, devenue veuve dans l'intervalle, parce que
son mari avait succombé dans la guerre, se fit prudemment payer une somme très importante.

Quand elle eut reçu l'argent, elle promit de donner tous
les soins nécessaires à la mère et à l'enfant, c'est-à-dire
qu'elle laissa la malade à elle-même, en se bornant à faire
le strict nécessaire.

Ricarda était déjà très souffrante quand son mari la
quitta, et sa faiblesse augmenta de jour en jour. Son
caractère léger devint mélancolique; bientôt elle s'étiola
et resta confinée dans son isolement.

Sur ces entrefaites arriva Gennaro.

Il avait d'abord été très irrité de retrouver Ricarda mariée à un étranger; mais, en la voyant si malheureuse, sa
colère avait disparu : il se sentait vengé.

S'il était venu aujourd'hui, c'était surtout pour avoir
de ses nouvelles. Il la trouvait plus malade qu'à l'ordinaire, et surprenait dans ses traits les signes d'une mort
prochaine.

Le regard éteint de la jeune femme le poursuivait, le
poussait hors de la maison pendant la nuit.

Où devait-il aller? à la porte du couvent, appeler le
Père Bonaventure? Il s'arrêta. Non, il n'avait rien à faire
chez les moines.

Revenant sur ses pas, il se dirigea vers le foyer où sa
sœur était assise, les yeux fixés sur la flamme : un profond
silence régnait dans la chambre.

— Va, Mercédès, chercher le Père, lui dit-il; je gar-
derai la maison pendant ce temps là.

Mercédès ne répondit pas.

— Entends-tu? répéta-t-il en se rapprochant.

— Oui, j'entends, et je vois que tu es un poltron... Ciel! quelle figure tu as! Assieds-toi ici : je vais te donner un fortifiant et nous causerons. Quant au Père, il sera toujours temps de l'appeler demain.

— Mais, si la pauvre femme vient à mourir?..

— Ricarda ne mourra pas si tôt : elle dort. J'ai bien du souci avec elle et j'en serai mal récompensée, si son mari ne revient pas bientôt ou n'envoie pas d'argent. Je crois bien qu'il ne vaut pas cher, puisqu'il a abandonné sa femme.

Elle offrit du vin à Gennaro, en prit un verre pour elle-même et commença une longue conversation agrémentée de gestes nerveux et de regards courroucés.

Son frère approuvait quelquefois de la tête, mais ne disait pas un mot.

Après avoir parlé pendant longtemps, Mercédès s'endormit.

Gennaro profita de son sommil pour se glisser dans la chambre voisine; il avait cru entendre la voix de Ricarda.

Il ne s'était pas trompé : la pauvre malade murmurait une prière.

Effrayé, Gennaro se précipita vers Mercédès, la réveilla brusquement et s'enfuit en disant :

— Je vais chercher le prêtre!

Une demi-heure après, il revenait avec le Père Bonaventure : Mercédès les introduisit.

— Ma fille!.. dit le prêtre d'une voix douce pour appeler Ricarda.

— Elle dort! murmura l'Espagnole.

Hélas! elle dormait de ce sommeil dont on ne se réveille plus. . . . .

Le Père Bonaventure, voyant qu'on l'avait appelé trop tard, se mit à genoux près de la couche funèbre et implora, avec ferveur, la miséricorde divine pour cette âme que la négligence avait privée des dernières consolations.

Dès qu'il fut seul, Gennaro revint dans la chambre mortuaire.

Le jeune homme se prosterna près du cadavre et considéra longtemps cette figure pâle dans la majesté de la mort.

—Pardonne-moi, bonne Ricarda, dit-il d'une voix tremblante. J'aurais tant voulu te rendre heureuse! pardonnemoi! J'ai rempli trop tard ton dernier vœu. Mais, je veux tenir la promesse que je t'ai faite. J'aurai soin de ta fille, bien qu'elle soit l'enfant de l'homme que je hais le plus au monde. Je serai bon pour elle, par amour pour toi, pauvre et malheureuse Ricarda!

Une calèche entra au galop dans l'allée du parc (page 81)

CHAPITRE IX

Souhait accompli

Gennaro croyait bien que sa résolution était inébranlable, et, aussitôt après les funérailles de Ricarda, il montra une grande affection pour l'orpheline.

Cependant, la petite fille, à peine âgée de trois ans, ne pouvait guère captiver longtemps son attention ; du reste, elle ne semblait pas avoir besoin de protecteur, car, à son grand étonnement, Mercédès la soignait avec plus de sollicitude qu'il ne s'y était attendu.

Peut-être, celle-ci, poussée par les remords, voulait-elle réparer la négligence dont elle s'était rendue coupable envers la mère.

— Va ton chemin, disait-elle à son frère; tu ne peux pas t'occuper de cette enfant, et je n'ai pas besoin de toi, heureusement.

Gennaro, rebuté enfin par les moqueries et les dédains de sa sœur, profita d'une nouvelle guerre pour reprendre du service, et se joignit aux troupes espagnoles qui, sous le commandement de Prim et de Diégo Léon, cherchaient à renverser Espartero.

A peine fût-il parti que sa sœur vendit à vil prix sa propriété qui tombait en ruines et disparut de la contrée sans laisser aucun regret, car son caractère brusque et hautain avait éloigné d'elle toutes les sympathies.

Son intention était de quitter l'Espagne.

Les descriptions que Gennaro lui avait faites des contrées lointaines avaient excité son imagination, et elle crut avoir en mains le moyen de trouver à l'étranger la fortune qu'elle désirait depuis longtemps.

Le roman de Ricarda, les quelques lettres qu'elle avait découvertes dans le portefeuille de la défunte, lui avaient donné des indices suffisants pour connaître la situation qu'occupait, en Angleterre, le père de la petite orpheline; et, poussée par la soif de l'or, elle prit la résolution de faire payer à cet homme les services qu'elle lui avait rendus ainsi qu'à son enfant.

Une lettre, arrivée d'Angleterre quelques semaines après la mort de Ricarda, vint lui fournir les éléments nécessaires pour combiner son plan. Vivien Carré annonçait à sa femme son retour, l'accueil favorable qu'il avait reçu dans la maison de son oncle, et se plaisait à lui faire part du brillant avenir qui les attendait tous deux, s'ils savaient agir avec prudence.

La pauvre Ricarda, abandonnée depuis longtemps, s'é-
tait consumée dans une vaine espérance; mais son amie,
plus rusée, se promettait bien de tirer parti du secret qu'elle
avait surpris.

Rien ne pressait, c'était une question de temps; et,
selon les circonstances, elle pouvait agir en commun avec
Monsieur Carré ou dévoiler à ses parents le secret de son
mariage.

Volontiers, elle se fût embarquée pour l'Angleterre;
mais, Vivien avait pris des précautions; il n'avait pas
donné le nom de la demeure de son oncle et se faisait
adresser ses lettres à Londres.

C'est là que Mercédès lui écrivit pour lui annoncer la
mort prématurée de sa malheureuse femme en s'offrant à
lui ramener sa fille.

Carré reçut cette nouvelle à l'époque où il prenait possession de l'héritage : il en fut plus ému qu'il ne l'aurait
pensé.

Ce qu'il avait caché à lady Flavie, il ne pouvait le nier
devant sa conscience.

Quelle honte pour lui d'avoir abandonné sa jeune femme,
en ne lui donnant pas son adresse, et de ne lui avoir écrit
que beaucoup trop tard, quand ses plans d'avenir semblaient devoir se réaliser!

Il était au but de ses intrigues, et celle qu'il avait tant
aimée était morte en cette première nuit qu'il avait passée
au château.

Il s'en souvenait encore, de cette nuit sinistre : c'était
bien l'esprit de la pauvre Ricarda qui l'avait visité en le
menaçant de demander vengeance pour sa trahison.

Cette pensée le tourmentait de remords; et, après le départ de Flavie, il répétait souvent dans sa solitude :

— O pauvre et belle Ricarda! que je voudrais pouvoir

tenir les promesses que je t'ai faites autrefois! Hélas! il
est trop tard! Mais, j'aimerai notre enfant, et j'en ferai une
des premières dames d'Angleterre : elle sera aussi fière
et aussi distinguée que Flavie.

Accablé par le souvenir, il ne perdit pas de vue cette
résolution.

Peut-être, son état malheureux contribua-t-il à lui faire
reconnaître la valeur du bien qu'il avait perdu!

Le cœur humain aspire au bonheur, et Vivien, —
poursuivi par les fantômes, — concentra tous ses désirs
sur sa fille, la petite Ricarda : c'était son enfant, il voulait la rendre heureuse.

Aussitôt après la mort de son oncle, il avait envoyé à
Mercédès une somme importante, en lui recommandant
d'avoir, pour l'orpheline, tous les soins nécessaires, jusqu'à ce qu'il pût la faire chercher par un homme de confiance, puisqu'il ne pouvait pas entreprendre lui-même
ce voyage

L'homme de confiance fut Fred Merlitt, qui était déjà
en route quand Vivien révéla son secret à lady Flavie, et
annonça au monde étonné qu'il avait contracté un mariage
en Espagne.

Pendant ce temps, Meg Keint s'occupait activement de
tous les préparatifs nécessaires pour recevoir la jeune maîtresse de Lytonhall.

Comme celle-ci n'avait que trois ans, Meg se promettait
de s'en occuper particulièrement et de l'élever comme le
cousin Arthur.

La pensée qu'elle pourrait agir à sa volonté la remplissait d'une joie indicible, et elle attendait, avec plus d'impatience encore que le châtelain lui-même, le retour de
Fred Merlitt.

Un crépuscule d'automne répandait ses ombres sur toute la contrée, lorsqu'une calèche entra au galop dans l'allée du parc.

On avait reçu de Southampton la nouvelle de l'heureuse arrivée des voyageurs, et au roulement de la voiture, tous les domestiques étaient à leur poste, sous la conduite de Dame Margaret.

Les chevaux écumants s'arrêtèrent devant le portail.

Fred Merlitt descendit de voiture en faisant un signe d'intelligence à la vieille intendante, et porta dans le vestibule une charmante petite fille à qui Meg fit sa plus belle révérence.

Deux yeux noirs la regardèrent avec le plus grand étonnement, et se dirigèrent ensuite vers la calèche d'où sortit une femme vêtue d'un costume étranger.

C'est à elle que la petite fille tendit ses bras en se détournant de Dame Margaret.

En vain, celle-ci essaya de saisir l'enfant qui lui répondit en appelant sa gouvernante dans une langue qu'on ne comprenait pas.

Meg Keint toisa l'Espagnole d'un air de dignité, essayant de lui en imposer comme gardienne du château; mais, elle fut désagréablement déçue en rencontrant le regard arrogant de Mercédès, dont le front dévoilait la fierté.

Instinctivement, elle sentit qu'elle ne pouvait pas en attendre une obéissance passive, mais qu'elle avait à compter sur une rivale qui pouvait facilement devenir dangereuse.

La façon bizarre dont l'étrangère avait répondu à son salut, par un sourire protecteur, eût déjà suffi à mettre hors des gonds un factotum moins solennel et moins autoritaire; mais, Dame Margaret se sentait trop bien

6

posée sur un terrain solide pour lui céder le pas, et les
deux femmes se trouvèrent auprès de l'enfant comme
pour se préparer au combat.

Pendant ce temps, le châtelain, dans sa chambre de
malade, était d'une impatience extraordinaire.

Le domestique avait eu beaucoup de peine à satisfaire
les désirs de son maître qui, étendu sur un divan, voulait
attirer sur lui l'attention des visiteurs, et ne pas effrayer
son enfant.

Il en était tout ému, et son pouls battait avec véhémence.

Lui, qui s'était toujours cru irrésistible, tremblait maintenant de tous ses membres en se demandant si sa fille
lui sourirait aimablement.

Son impatience ne fut pas mise à une longue épreuve.

Tout à coup la porte s'ouvrit, et une main sûre poussa
l'enfant sur le seuil.

Vivien étendit les bras et lui adressa quelques mots
caressants en langue espagnole.

La petite écouta tout étonnée; un rayon de joie glissa
sur son visage au teint de velours; ses yeux brillèrent de
plaisir, et la charmante apparition courut vivement à celui
qui l'appelait avec une si grande tendresse.

L'enfant s'approcha sans crainte; il la prit vivement
dans ses bras et l'attira vers lui d'un mouvement pas-
sionné; puis, il l'éloigna un peu pour mieux étudier son
visage trait par trait.

Hélas! il n'y retrouvait pas la beauté brillante de sa
mère.

Cette figure allongée et brunie eût été plutôt laide que
belle, si des yeux noirs ne l'avaient animée.

La couleur et l'éclat de ces yeux, la riche et sombre
chevelure qui ornait cette petite tête : c'était là tout ce
qui rappelait la belle Ricarda tant aimée!

On eût dit cependant que la grâce de la mère avait passé à sa fille, car, celle-ci répondait aux caresses de son père avec toute l'impétuosité de son âge.

Elle entoura son cou de ses petits bras et montra de ses doigts mignons les grands tableaux suspendus à la muraille.

Il y avait tant d'abandon dans ses manières, que Vivien en ressentit une grande satisfaction et oublia que sa fille n'avait pas toute la beauté qu'il avait attendue.

Par contre, il s'aperçut bien vite qu'elle était délicate et très gâtée.

Quand un vif éclat n'éclairait pas ses grands yeux noirs, on voyait aussitôt le mécontentement se peindre sur ses traits, comme cela était arrivé lorsque Madame Margaret avait voulu la prendre dans ses bras ; et, comme elle était sur le point de le faire maintenant parce que son père ne se levait pas assez vite pour aller avec elle examiner les tableaux dorés.

Mais, Vivien parvint à détourner l'attention de la petite entêtée en lui offrant des friandises ; et, alors seulement, il put lever les yeux pour saluer dame Mercédès qui avait suivi l'enfant en faisant signe à Fred Merlitt de rester dehors.

Mère Meg dut se contenter de la société de celui-ci, bien qu'elle eût désiré être témoin de la première entrevue du père et de la fille.

L'ordre de Vivien était de laisser les nouveaux venus pénétrer seuls dans sa chambre, et cet ordre ne fit qu'augmenter la mauvaise humeur de la vieille femme contre l'arrogante Espagnole qui n'attendait point près de la porte, comme c'était convenable pour une domestique, mais se permettait d'aller jusqu'au châtelain pour lui présenter son enfant.

Fred Merlitt ne paraissait guère disposé à raconter son voyage, ou plutôt à parler selon l'intention de Madame Margaret.

— N'auriez-vous pu trouver une gouvernante plus modeste? lui dit-elle d'un ton d'impatience.

— Madame Mercédès, répondit-il, est une excellente personne qui mérite toute notre reconnaissance pour avoir bien voulu faire le voyage d'Angleterre. Elle m'a enlevé bien des soucis et Monsieur Carré en sera certainement très content : cela suffit.

A ces mots, dit d'un ton incisif, Dame Margaret fixa attentivement son ancien allié.

Cet homme était changé, et sa parole n'avait plus le respect d'autrefois : il ne trouvait plus nécessaire de gagner les bonnes grâces de la vieille intendante. Comme il avait rendu à Vivien de grands services, il se croyait assuré de sa position et se donnait de l'importance.

Ah! la mère Meg était rusée et sa colère la rendait prompte à tirer des conclusions, et cependant elle ne vit pas la plus immédiate, car elle aurait dû se dire que la nourrice de la petite lady, que cette étrangère si désagréable, était une jeune et belle femme, tandis que Meg était vieille, et qu'une main énergique pouvait lui enlever la direction du château.

Pendant ce temps, Mercédès gardait le silence auprès du divan, et observait d'un œil dur l'accueil que Vivien préparait à la petite Ricarda.

Un peu plus âgée que la femme de M. Carré, Mercédès avait conservé l'éclat de la jeunesse.

Ses traits étaient d'une grande régularité et dénotaient beaucoup de caractère; mais, ils n'inspiraient aucune sympathie.

Sur ses lèvres, errait souvent un sourire de mépris, et

ses yeux, fendus en amande, lançaient les feux du midi et des éclairs de méfiance et d'aigreur.

— Merci, Mercédès, dit Vivien, pour tout ce que vous avez fait, et surtout pour m'avoir amené mon enfant.

— J'ai juré à Ricarda de reconduire la petite à son père, répondit Mercédès d'un air sombre.

— Vous avez été, j'en suis certain, pour ma chère Ricarda une amie fidèle, et vous l'avez entourée des soins les plus tendres... Elle n'a manqué de rien, n'est-ce pas?.. A-t-elle parlé de moi?

— Elle était minée par le désir de revoir le mari qui l'avait abandonnée.

Sous cette accusation, Vivien baissa les yeux et changea de couleur.

— Ah! murmura-t-il, était-elle irritée contre moi?.. M'a-t-elle pardonné?

— Oui, mais elle a durement senti que l'on ne méprise pas impunément l'opinion du monde. Bien qu'elle eût épousé un homme riche et distingué, elle serait morte de misère, si la chaumière de ses amis ne lui avait offert un tranquille refuge.

— Mercédès! Epargnez-moi! J'étais certain que la chère Ricarda trouverait chez ses amis un meilleur asile que celui que j'aurais pu lui offrir alors. Je ne prévoyais pas sa mort prématurée... Vous me raconterez ses derniers moments .. non pas à présent... non pas aujourd'hui. Vous le voyez, je suis malade et j'ai besoin de conserver toutes mes forces.

— Oui, je le vois, répondit sèchement l'Espagnole, et vous avez bien fait de redemander votre enfant. Aussi, n'ai-je pas hésité à faire ce long voyage et à partir de suite pour l'Angleterre.

— Je reconnaîtrai généreusement tous vos services,

bonne Mercédès croyez-le bien. C'est bien à vous d'avoir
accompagné la petite. Et votre mari?... et votre enfant?...
comment vont-ils?

— Mauricio est mort, et mon Anita est très chétive; je
l'ai confiée à des parents de Barcelone. C'était un dur sacrifice pour moi d'abandonner cette faible créature pour
votre fille; mais, j'ai voulu tenir jusqu'au bout la promesse
faite à Ricarda. Hélas! souvent les pauvres doivent quitter
leurs enfants pour gagner leur pain chez les riches, ajouta-
t-elle avec amertume.

— Soyez sûre, Mercédès, que je ne marchanderai pas
la récompense : j'aurai soin de votre enfant, et vous retour-
nerez riche en Espagne.

— Ainsi, ajouta-t-il, Mauricio est mort?

— Depuis deux ans déjà. Mon sort n'est pas digne d'envie. Je suis seule au monde, et si ce n'était à cause de la
petite Anita, jamais je ne désirerais retourner en Espagne. Mais, maintenant, il me tarde de la revoir, puisque
j'ai tenu la parole donnée à Ricarda et que j'ai ramené sa
fille auprès de vous.

En entendant plusieurs fois prononcer son nom, l'enfant leva les yeux : jusque-là, elle était restée tranquillement assise auprès de Vivien sur le divan : elle ne demandait même pas à retourner près de Mercédès, et quand
celle-ci lui tendit les bras, elle s'y refusa, comme elle
l'avait fait auparavant pour Margaret.

La conversation dura encore quelque temps à voix
basse, et quand Mercédès, sur l'invitation de Vivien, se
disposa à visiter l'appartement destiné à l'enfant, elle
avait fait au châtelain la promesse de rester à Lytonhall,
jusqu'à ce que la petite se fût accoutumée à son nouvel
entourage.

L'arrogante Espagnole n'y consentit cependant pas sans résistance ; mais, quand tout fut convenu, son regard se reporta brillant de joie sur la petite fille et témoigna d'une profonde affection.

Vivien en fut heureux, et oublia les dures vérités qu'il venait d'entendre.

Il restait seul avec son enfant qui s'était endormie dans ses bras. Son cœur était en proie à des sentiments inaccoutumés ; il osait à peine faire un mouvement, et quand il se pencha sur la dormeuse pour murmurer : « Mi angelo », une larme amère roula des yeux du malade, en songeant au passé.

Elle eût été plus amère encore, cette larme, s'il avait pu soulever le voile de l'avenir ! .

Jakson la prit dans ses bras et courut au cottage suivi de Ricarda. (page 93)

CHAPITRE X

Amitiés d'enfants

Deux charmantes petites filles jouaient dans le parc de Lytonhall : la blondinette Amy de Bracy et la jeune lady Ricarda aux yeux noirs.

Il y avait plus d'un an que cette dernière était arrivée, et elle s'était promptement accoutumée à la langue et aux personnes étrangères.

Dans le cottage voisin, elle s'était fait une amie; du moins, elle montrait une grande préférence pour Amy et la réclamait à chaque instant.

Amy, répondait à cette affection impétueuse avec toute
la tendresse propre à son caractère.

Toujours elle se soumettait aux désirs de sa compagne
qui, de son côté, n'avait aucune condescendance. On
voyait bien que la petite Espagnole savait mieux commander qu'obéir : elle avait l'étoffe d'un despote. Et tout, dans
son passé, avait contribué au développement de cette dangereuse qualité.

Dès la première heure, Vivien Carré s'était montré
plus que faible. Jamais il ne repoussait une prière et ne
pouvait souffrir que l'on contredît son enfant.

Quant à ses caprices, il ne faisait qu'en rire et toute la
maison suivait son exemple.

L'opiniâtreté de la jeune lady augmentait chaque jour,
et elle sut bientôt profiter des avantages de sa position.

Mercédès, seule, avait quelque pouvoir sur elle, mais
ce ne fut pas pour longtemps, car elle adorait cette enfant,
et veillait avec un soin jaloux à ce que rien ne vînt dimi-
nuer son affection.

Souvent elle gémissait sur sa pauvreté qui l'obligeait à
laisser sa propre fille chez des étrangers et à servir elle-
même hors de son pays.

Cependant, elle devait bien y trouver son avantage, puisqu'elle remettait chaque semaine son départ, au grand
désappointement de Margaret.

La vieille Meg et l'Espagnole étaient devenues des ad-
versaires acharnées, l'une et l'autre espérant garder sa
position ; mais enfin, Mercédès remporta la victoire
juste au moment où l'intendante comptait la voir partir.

L'époque du départ venait d'être fixée, lorsque la petite
Ricarda fit une telle scène en exigeant sa gouvernante, que
Monsieur Carré supplia Mercédès de rester, quoiqu'il eût

intérieurement désiré son départ; elle connaissait trop son passé.

Dès ce moment, le sort de Margaret fut décidé.

Pauvre mère Meg! Avant qu'elle n'eût pu s'en rendre compte, elle se vit dépossédée de son trône, et une enfant régnait à sa place!

Sous le nouveau régime, elle devenait chaque jour plus superflue; même entre elle et Merlitt, il n'y avait plus de sympathie : Fred était du parti de Mercédès qui, malgré ses manières arrogantes, avait une grande influence sur l'homme d'affaires de Lytonhall, et celui-ci ne demandait plus aucun conseil à Mistress Keint.

Aussi mère Meg restait-elle solitaire dans sa chambre, en boudant contre ce qu'elle ne pouvait plus changer.

Chose étonnante! elle se prenait quelquefois à désirer d'entendre les pas de lady Flavie; mais, Madame de Bracy ne se montrait que très rarement à la vieille abbaye. On n'y voyait guère que le colonel et la petite Amy.

Les remarques malicieuses de Monsieur de Bracy, que l'on avait tant critiquées autrefois, étaient bien accueillies maintenant par la vieille intendante qui prodiguait sa tendresse à la gentille Amy, en appelant l'étrangère un petit diable et son père un fou, parce qu'il gâtait son enfant comme elle l'avait gâté lui-même.

Vivien semblait avoir oublié tous les services qu'elle lui avait rendus. Dominé par sa petite despote que Mercédès influençait à son gré, il n'avait presque plus d'égards pour la vieille amie de son enfance.

Mais, le cœur humain doit avoir un objet à aimer, et Mistress Margaret, sentant que l'affection de Vivien lui était enlevée et qu'elle était repoussée par Ricarda, donna sa sympathie à la fille de lady Flavie.

— Comme elle me rappelle notre chère Amy! se disait-elle un jour en regardant les enfants jouer dans le parc. Je m'étonne que Flavie laisse venir la petite ici; mais, c'est le colonel qui l'a conduite et lui permet de jouer avec Ricarda dont elle n'apprendra rien de bon. C'est un vrai lutin, notre petite lady. Et Mercédès? où peut-elle être? Elle exerce une belle surveillance! Oui, parlons-en. Enfin, cela m'est égal! conclut-elle avec amertume, en se retournant vers une femme de chambre qui lui apportait une tasse de thé.

Les enfants jouissaient dans le parc de toute leur liberté.

— Viens, Amy! ordonna Ricarda en jetant une balle dans un buisson : viens à l'étang, le fermier James fera aller des bateaux.

Le visage d'Amy s'empourpra de plaisir.

— Mais, dit-elle en objection, Mercédès n'est pas ici, et nous ne pouvons quitter le parc sans elle. Restons ici, Carda.

— Non, Mercédès nous cherchera. Je veux maintenant un autre jeu : je m'ennuie dans le parc. C'est plus beau dehors, viens.

La petite Amy suivit Ricarda : toutes deux coururent à qui mieux mieux, et grimpèrent un sentier qui longeait la ferme voisine, composée d'une pauvre hutte qu'entourait un petit jardin. Une mince palissade la séparait de la route, et derrière, un vieux chien paralysé se chauffait au soleil.

Aussitôt que l'animal aperçut Amy, il se mit à cligner de ses yeux éteints et à frétiller de la queue.

— Il nous reconnaît, s'écria Ricarda. Prenons-le avec nous : nous le ferons nager, et cela causera plus de plaisir que de faire voguer des bateaux.

— Non, Ricarda; je t'en prie. Il n'est pas permis de prendre Moby : il ne sait plus nager, et la vieille Betsy, qui est aveugle, serait très inquiète : c'est son guide et sa seule joie.

— Bah! ce sera aussi une joie pour nous de le prendre : il faut qu'il nage, reprit Ricarda en colère.

— Tu n'as pas le droit de tourmenter Moby, insista Amy; il ne t'appartient pas : il est à Bethsy.

— Je le prendrai tout de même, dit la petite Espagnole en relevant sa tête mutine.

— Au reste, ajouta-t-elle, tout ce que possèdent les fermiers est à moi : Mercédès me l'a dit. La vieille Bethsy n'a rien : tout m'appartient et je ferai de Moby ce que je voudrai.

En disant ces mots, elle ouvrit la grille et se mit à tirer de force le pauvre Moby qui poussait des gémissements.

Mais, Amy montra tout à coup de l'énergie : elle saisit vivement le bras de Ricarda.

Celle-ci, dans sa fureur, l'envoya rouler sur une pierre.

Amy jeta un cri et resta sans mouvement. Elle s'était blessée le pied grièvement et avait perdu connaissance.

Ricarda, effrayée, oublia le chien et se précipita vers son amie, en la suppliant d'ouvrir les yeux et ne pas lui en vouloir.

En ce moment, accourait le fermier Jackson qui avait vu la scène de son jardin.

Amy revint à elle et se plaignit d'une grande douleur qui l'empêchait de se remuer.

Jackson la prit dans ses bras et courut au cottage suivi de Ricarda qui baissait la tête.

Lady Flavie fut terrifiée en voyant sa fille et en apprenant ce qui s'était passé.

Elle renvoya Ricarda à Lytonhall avec une de ses femmes de chambre et écrivit une lettre sévère au châtelain pour lui reprocher la mauvaise éducation que l'on donnait à sa fille.

Ricarda partit sans dire un mot, car la tante Flavie était la seule personne qui lui en imposât. Elle espérait que Mercédès saurait la consoler.

Mercédès et Merlitt se rendaient chez le sacristain (page 102)

CHAPITRE XI

Succès de Fred Merlitt

Mercédès avait reçu ce jour-là une mauvaise nouvelle.

Tandis qu'elle se préparait à suivre les enfants dans le parc, elle vit Fred Merlitt qui l'appelait pour lui remettre une lettre venue par le courrier.

A peine en eût-elle parcouru les premières lignes qu'elle chancela en s'arrachant les cheveux.

— Trop tard! trop tard! c'est ma faute! criait-elle. J'ai attendu trop longtemps! j'ai perdu ma fille!

On s'empressa autour d'elle; elle repoussa toutes les

consolations, et oublia Fred Merlitt et tous ceux qui l'entouraient.

Personne ne pensait aux enfants; mais quand, une heure plus tard, on ne les vit pas revenir, la vieille Meg courut dans le parc et rencontra la femme de chambre qui emmenait Ricarda.

La petite ne voulut rien entendre et se précipita vers Mercédès.

— Va-t'en, lui dit celle-ci. C'est toi qui en es la cause. O ma pauvre Anita! mon âme! mon ange! Ah! si j'avais été près de toi, je ne t'aurais pas laissé mourir! Trop tard! trop tard!

Ricarda ne comprenait rien à ces refus, bien que Mercédès lui répétât que sa sœur de lait, la petite Anita venait de mourir.

Mais, depuis deux ans, Ricarda avait oublié l'Espagne et sa sœur de lait.

Tout au plus parlait-elle encore du voyage sur mer dans un grand, grand vaisseau. Toutes les autres impressions étaient effacées, et il ne pouvait en être autrement : elle était trop jeune pour se souvenir de la compagne de ses jeux, que la petite Amy avait remplacée.

— Je t'assure qu'elle n'est pas morte! disait-elle en ne pensant qu'à celle-ci, elle se guérira; elle jouera encore avec moi. Il faudra bien que tante Flavie me permette de revenir au cottage.

Mais, Mercédès ne faisait pas attention à ses cris.

Après les premiers éclats de sa passion, elle ne desserra plus les dents, et deux jours plus tard, elle reprit toute son arrogance.

Elle ressemblait à un volcan qui, après son éruption, ne trahit plus ce qui fermente dans ses profondeurs.

Jamais, dès lors, on ne l'entendit parler de sa fille. Par

contre, elle sembla s'attacher follement à Ricarda qu'elle
s'efforçait de dédommager de la froideur qu'on lui témoignait depuis le jour de l'accident.

Tous ces évènements eurent cependant des suites
fâcheuses.

D'abord, les relations entre le cottage et Lytonhall furent suspendues malgré les démarches de Vivien qui,
appuyé sur sa canne et suivi de la petite coupable, était
allé visiter la malade. Il demanda pardon pour sa fille,
mais lady Flavie lui déclara que Ricarda ne verrait plus
sa cousine, avant que l'on n'eût changé l'éducation de
celle-ci.

Bien que la franchise de Madame de Bracy contrariât
le châtelain qui était très irritable, il avait néanmoins
assez de jugement pour comprendre la justesse des observations qu'on lui faisait sur le caractère indompté de sa
fille.

Il se décida donc à prendre une institutrice sérieuse, et
la petite Amy n'était pas encore tout à fait guérie quand la
nouvelle gouvernante entra dans l'abbaye.

D'un autre côté, Mercédès ne retourna plus en Espagne.

Puisque j'ai tout perdu dans mon pays, dit-elle à Vivien
d'un ton décidé, je reste auprès de la petite Ricarda.

Monsieur Carré comprenait qu'il ne pouvait pas faire
revenir Mercédès sur sa résolution : il était son obligé. Ne
s'était-elle pas dévouée à sa fille en lui sacrifiant sa propre enfant !

Bon gré, mal gré, il dut se résigner et faire bonne mine
à mauvais jeu. Tout ce qu'il put obtenir, c'est qu'elle ne
s'occuperait que des soins corporels et laisserait aux autres
le souci de l'éducation.

Deux années s'écoulèrent pendant lesquelles la petite
lady força trois gouvernantes à partir ; et, la quatrième re-

7

nonça spontanément à la position, en voyant l'impossibilité de diriger cette enfant au milieu des luttes de Lytonhall.

Elle s'en exprima sans détour et la famille de Bracy lui donna raison.

L'entêtement de Ricarda croissait en effet de jour en jour.

On ne pouvait mettre en doute qu'elle ne fût bien douée, mais sa nature ardente pouvait l'entraîner au bien comme au mal suivant l'impulsion qu'on donnerait à son jeune cœur.

Jusqu'à présent, les flatteries de Mercédès et la faiblesse de son père l'avaient entièrement gâtée; et, à sept ans, elle était insupportable.

— Cette enfant m'épouvante, disait souvent Vivien lui-même qui n'était pas à l'abri de ses caprices, et eût désiré trouver dans la tendresse de sa fille une diversion aux sombres images dont sa mémoire était hantée.

Mais, Ricarda s'ennuyait auprès de son père qui était souvent mélancolique, ou bien elle le fatiguait par sa turbulence.

Elle était indisciplinée, parce qu'elle ne rencontrait jamais la sévérité qui aurait pu la soumettre.

Vivien se contentait de soupirer en voyant grandir un mal contre lequel il n'avait plus l'énergie nécessaire.

Le moyen radical eût été d'éloigner Mercédès, mais il n'osait pas l'employer.

Une circonstance imprévue vint le tirer d'embarras.

L'Espagnole qui, depuis la mort de sa fille, était devenue plus sensible aux hommages de Fred Merlitt, se décida enfin à récompenser sa constance en devenant sa femme; et, celui-ci, au comble de ses vœux, reçut du châtelain l'assurance que Mercédès n'aurait pas à rougir de sa dot : la reconnaissance l'obligeait à se montrer généreux.

En vérité, la reconnaissance de Vivien ne fut peut-être

— C'est une infamie! oui, mademoiselle, c'est un péché de voler les morts (page 103)

jamais plus sincère qu'au moment où Fred Merlitt l'aidait à se débarrasser de la nourrice de Ricarda d'une manière convenable, et à terminer la guerre, — passée à l'état chronique, — entre l'Espagne et l'Angleterre, représentée par Mercédès et mère Meg.

Par politique, il avait sacrifié la vieille amie de son enfance, mais non sans regret; et, maintenant, il se réjouissait en silence de la voir reprendre le gouvernement de sa maison.

Personne, cependant, n'était plus heureuse que mère Meg qui, à l'heure où tout semblait perdu, remontait sur son piédestal.

Elle félicita les fiancés de tout son cœur en se disant malicieusement :

— C'est bien fait, Fred Merlitt; tu te mets sous la pantoufle et tu donnes les verges qui doivent te frapper : ton heure est venue.

La veille du mariage, Ricarda avait passé la journée au cottage et s'était fait remarquer par sa bonne conduite, car elle savait bien que tante Flavie ne la tolérait qu'à cette condition.

Elle aimait s'y trouver surtout lorsque Clarence revenait en vacances. Ce temps était pour elle une source de plaisir.

Elle s'entendait bien avec le fils de Monsieur de Bracy, quoiqu'il y eût souvent des disputes entre eux. Il lui était difficile de le dominer; mais, quand elle n'était pas d'accord, elle se soumettait tout en essayant par la ruse ou les détours à faire prévaloir sa volonté.

Si elle ne réussissait pas, elle boudait; Clarence, à son tour, se moquait de sa mauvaise humeur, et cherchait ensuite à lui faire plaisir pour calmer sa colère.

Clarence était absent depuis un an, et l'heureuse perspective de le revoir bientôt avait rendu Ricarda sage et polie.

Touchée des prières de Vivien, lady Flavie avait promis de chercher une nouvelle institutrice, mais c'était pour la petite une chose accessoire : elle ne pensait qu'à Clarence, et le départ même de Mercédès ne l'affectait point du tout.

Elle revint donc ce soir-là toute joyeuse du cottage ; et, pensant sans doute qu'elle avait été assez gentille, elle quitta la femme de chambre pour se joindre à Mercédès et à Fred Merlitt qui se rendaient chez le sacristain.

Pendant que les deux fiancés parlaient à celui-ci, Ricarda s'amusait à courir à travers les sentiers du cimetière, et son attention se fixa tout à coup sur les belles roses qui s'épanouissaient sur la tombe d'Amy Mortaunt.

Un tertre de verdure s'élevait près du beau monument funèbre qui servait de tombeau de famille, et la population reconnaissante avait soin de le couvrir de fleurs en souvenir de la jeune châtelaine enlevée trop tôt à l'affection de tous.

Ricarda connaissait l'endroit : attirée par les roses blanches épanouies, elle en cueillit les plus belles, et elle aurait sans doute dévasté tout le bosquet si une voix sévère ne l'en eût empêchée.

Mère Meg arrivait à perdre haleine. De loin, elle avait aperçu le pillage de Ricarda ; et, dans le premier moment, elle fut glacée d'indignation.

— Misérable créature ! s'écria-t-elle, oubliant l'âge de l'enfant et le lieu où elle se trouvait : Faut-il que tu viennes jusqu'ici pour faire tes sottises ! Comment oses-tu voler les morts ?

L'irritation de mère Meg était si violente que la petite en poussa les hauts cris.

Aussitôt Mercédès vola au secours de sa protégée, qui serrait les roses dans sa main et frappait du pied.

— Prendre les fleurs de notre chère Amy ! répétait la

vieille femme : c'est une infamie ! oui, mademoiselle, c'est un péché de voler les morts.

A ces mots, Mercédès s'arrêta pâle de terreur. Ce qu'elle venait d'entendre semblait lui faire une profonde impression.

Soudain, elle se précipita sur Ricarda, lui arracha les fleurs, et les lança au loin.

— C'est cependant pour toi que je les ai cueillies, Mercédès, sanglota la petite : tu devais t'en parer demain pour aller à l'église avec Fred Merlitt.

Les lèvres de Mercédès tremblaient : ses yeux regardaient fixement dans le lointain par-delà les murs du cimetière !

Pensait-elle, peut-être, à un autre tombeau de l'autre côté de l'Océan ? ou bien voyait-elle des fantômes comme Vivien Carré ?

Chaque goutte de sang s'était retirée de son visage ; ses regards lançaient un feu sauvage et si étrange que Ricarda se mit à crier.

Mercédès revint à la réalité ; et, se faisant violence, elle se pencha vers l'enfant dont elle caressa les cheveux :

— Laisse ces fleurs, ma chérie, lui dit-elle en adoucissant sa voix : je n'en ai pas besoin ; une veuve n'en porte pas.

Le lendemain, Fred Merlitt conduisait l'Espagnole à l'autel et dans sa ferme ; le même jour, on attendait Clarence au cottage et la nouvelle institutrice à Lytonhall.

Contre le tronc d'un orme touffu s'appuyait une petite fille (page 108)

CHAPITRE XII

Rencontre

Trois écoliers joyeux suivaient le chemin qui traversait la contrée.

Il y avait une demi-heure qu'ils avaient quitté la malle-poste au bas d'une montée, et ils avaient préféré prendre un sentier plus court au milieu des bois pour atteindre un plateau où se croisaient plusieurs routes.

Là, ils firent halte à l'ombre d'épais buissons et s'étendirent sur la mousse.

Heureux d'être en vacances, de n'avoir plus à s'occuper d'études et de maîtres, ils étaient tout à la joie de revoir

105

la maison paternelle et faisaient mille projets d'ex--
cursions.

— Ecoutez! s'écria tout à coup Clarence en interrompant la conversation. Qu'est-ce que c'est?

— Peut-être un petit oiseau que nous avons troublé
dans son nid.

— Non, non, c'était comme un sanglot. Il y a certainement quelqu'un dans le voisinage : j'ai entendu pleurer.
Ce doit être dans cette direction.

D'un bond, il fut au détour de la route et regarda dans
la prairie.

A quelques pas plus bas, contre le tronc d'un orme
touffu, s'appuyait une petite fille dont le tablier était rempli de fleurs des champs. Ses joues ressemblaient aux
pétales de l'églantine, et ses yeux bleus étaient inondés de
larmes.

En apercevant l'écolier, elle se leva vivement.

— Montre-moi le chemin, je t'en prie, dit-elle en ces-
sant de pleurer : je ne le trouve plus et maman va être
inquiète.

— Comment es-tu venue ici toute seule? demanda
Clarence de Bracy en donnant la main à la petite pour l'aider à grimper jusqu'au sentier.

— Je t'en prie, conduis-moi à la maison, reprit-elle
intimidée par la société. Je t'en serai très reconnaissante, et je te donnerai de mes fleurs. Attends un
instant.

Elle étendit son tablier, et, avec une adresse incroyable,
elle fit rapidement un bouquet qu'elle présenta à Clarence,
en répétant :

— Mon chemin, s'il te plaît.

— Mais, pour quel endroit? demandèrent troix voix à
la fois. Où demeures-tu, petite fée des forêts?

— Sur la place de la foire.

— Sur la place de la foire? Mais, où est-elle? demanda Clarence.

— Dans la ville voisine : j'ai oublié le nom. Nous y sommes depuis quelques jours et je pourrai retrouver la place, dès que j'aurai vu la porte de la ville. L'auberge est tout à côté : c'est là qu'on m'a envoyée pour porter quelque chose à papa; et, quand j'ai aperçu la prairie avec ses belles fleurs, j'ai pensé à cueillir un bouquet pour maman.

— C'était, continua-t-elle, une vraie fête pour moi de sauter au milieu des fleurs et de m'asseoir sur la mousse dans la forêt; mais, lorsque j'ai voulu revenir, je me suis égarée; et, parvenue sur ce plateau où il y a tant de routes, je n'ai pas su laquelle prendre, et me suis mise à pleurer.

— Il y a sans doute une foire à la ville, et la petite fait partie d'une troupe vagabonde, dit Clarence.

— Pas du tout, riposta vivement celle-ci : j'habite notre voiture, une belle maison roulante à cinq fenêtres et d'où j'aperçois le monde entier.

Puis, l'enfant ajouta avec enthousiasme :

— J'ai tant de plaisir à parcourir les campagnes quand tout verdit et que le soleil brille! Mais, je ne me plais pas dans les villes; il faut que je reste trop longtemps dans la voiture, et maman est si souvent triste! Mon Dieu! j'oublie maman! elle me grondera, parce que j'ai été désobéissante.

— Eh bien! qu'as-tu donc fait? demandèrent les écoliers.

— Ce que j'ai fait?... j'ai couru dans les prairies et la forêt, et je ne dois pas le faire quand je suis seule. Mais, papa a si peu de temps à me donner! Ils avaient une répétition dans l'auberge, et je devais les attendre dehors sur un banc. Je m'ennuyais; les fleurs m'attiraient et je suis partie.

— Mais, comment t'appelles-tu donc, petite entreprenante?

— Dolly, répondit l'enfant.

— Ton autre nom? ou plutôt comment s'appelle ton père?

— M. Eusèbe Fairfax, ajouta-t-elle gravement.

— Et, il monte de beaux chevaux, sans doute? il fait le saut périlleux ou danse sur la corde raide? n'est-ce pas?

— Oh non! les autres font cela, mais papa joue sur le théâtre. Il amuse le monde, et tout le public lui sourit. Quelquefois, il est en roi, en prince ou en chevalier; il porte des habits magnifiques, une épée et une couronne, et tout le monde applaudit sa grande mine et son air fier.

— Tu es alors une petite princesse?

— Jamais! dit l'enfant d'un air désolé : maman ne veut pas. Elle me permet quelquefois de porter au théâtre les costumes qu'elle fait, et papa me montre la salle toute illuminée...

— Ah! là-bas, voilà l'auberge, interrompit la petite bavarde; voilà la porte : maintenant, je retrouve mon chemin.

Tout en causant, la petite société avait rejoint la grande route où montait la malle-poste

— Ne nous amusons pas, dirent les écoliers à Clarence, si nous voulons reprendre la voiture : elle n'attend pas.

— Pars-tu aussi avec eux?.. demanda anxieusement

Dolly en retenant Clarence par la main. Je t'en prie, ne t'éloigne pas; ramène-moi à maman. Il y a sur la foire tant d'hommes et de voitures! je t'en prie, ne me laisse pas seule.

— Sois tranquille, je te ramènerai chez toi, dit le jeune homme touché des larmes de l'enfant.

— Allons, mes amis, ajouta-t-il en s'adressant à ses camarades, serrons-nous la main. Vous laisserez mon bagage à la poste de Lyton : le domestique viendra le prendre. Je vais reconduire la petite à ses parents. On ne peut me blâmer de ma bonne action; et, si quelqu'un m'attend, dites-lui que j'arrive à pied et que je serai là dans une demi-heure. Au revoir!

— Vois-tu ? c'est-là notre voiture, s'écria Dolly, avec un certain orgueil (page 111)

CHAPITRE XIII

Un enfant heureux

Sur la grande place de la petite ville régnait le vacarme d'une foire importante.

Au bout d'une allée, à quelque distance des baraques des saltimbanques, se cachait une maison roulante, dont l'extérieur annonçait la plus grande propreté : les fenêtres étaient ornées de fleurs.

— Vois-tu ? c'est là notre voiture ! s'écria Dolly avec un certain orgueil.

Mais, elle ajouta aussitôt d'une voix tremblante :

— Ah! il faut que je dise à maman que je suis partie et que tu as été bon pour moi.

Elle attira Clarence vers le petit escalier qui conduisait à la plate-forme de la voiture; puis, elle s'arrêta hésitante :

— As-tu peur? demanda le jeune de Bracy. Seras-tu punie?

— Je crois que oui.

— Te battra-t-on?

L'enfant releva fièrement la tête :

— Oh! maman ne me bat jamais, mais...

En ce moment, une voix douce cria de l'intérieur :

— Dolly, Dolly! est-ce toi enfin? Papa est-il avec toi?

La petite, aussitôt, grimpa les degrés, oubliant son compagnon, qui aurait bien voulu jeter un regard dans la voiture et être témoin de l'accueil préparé à sa protégée.

D'après tout ce qu'il savait de cette vie de nomade, il n'attendait rien de bon pour la petite coupable.

Mais, si les manières de l'enfant, si le ton bienveillant de la voix qui appelait Dolly, avaient déjà surpris Clarence, il le fut bien davantage en examinant la disposition du chariot par la porte qui était restée entr'ouverte. On eût dit une chambre bien tenue.

Une jeune femme travaillait avec zèle à de brillants oripeaux, et sa toilette simple faisait un vif contraste avec son ouvrage.

Tout, en elle, annonçait de la distinction, et son visage était de ceux qui inspirent l'intérêt en raison de leur expression mélancolique. On y lisait toute une histoire.

Bien qu'un garçon de treize ans, comme Clarence, n'eût pas l'idée de l'interroger là-dessus, il fut cependant très étonné du calme avec lequel elle parla à l'enfant..

— Ton papa ne t'a-t-il pas accompagnée, Dolly? pourquoi n'es-tu pas venue plus tôt?

En disant ces mots, elle leva les yeux et aperçut le bouquet.

— Où as-tu été? ajouta-t-elle rapidement.

Dolly devint rouge comme une pivoine.

— Pardonne-moi, maman : j'ai trouvé le temps long, en attendant papa devant l'auberge. Je suis allée cueillir des fleurs dans la prairie et la forêt. Je n'ai plus retrouvé mon chemin; de gentils garçons sont arrivés, et l'un d'eux m'a reconduite ici... jusqu'à la voiture, ajouta-t-elle en se souvenant sans doute de la reconnaissance qu'elle devait à Clarence.

— Il est là, reprit-elle en indiquant du doigt l'endroit où elle avait laissé Clarence.

La femme se leva vivement. Sa figure paraissait encore plus pâle au récit de l'enfant; et, jetant loin d'elle le costume auquel elle travaillait, elle s'approcha de Clarence.

— Vous avez été bien aimable, Monsieur, de vous intéresser à mon enfant, dit-elle en regardant ce garçon si modeste.

— O Madame, je l'ai fait bien volontiers. J'ai été très heureux de montrer le chemin à la petite; elle n'était du reste pas loin d'ici, conclut-il avec une diplomatie enfantine : elle était très triste à la pensée que sa maman serait mécontente... Je vous en prie, Madame, pardonnez-lui..

Un faible sourire éclaira momentanément le visage préoccupé de la femme.

— Vous êtes un excellent avocat, répondit-elle en con-

8

sidérant encore plus attentivement cette belle figure
ouverte.

Et, elle passa la main sur son front, comme si elle
voulait chasser un souvenir, en disant :

— Je vous suis bien reconnaissante pour votre amabilité.

— Dolly, as-tu remercié Monsieur? donne la main à ce
charitable conducteur qui t'a consacré son temps.

L'enfant tendit ses deux petites mains.

— Tu as été bien gentil et charmant, dit-elle : Dolly
t'aimera toujours.

La femme lui offrit aussi la main, et Clarence s'inclina
comme devant une grande dame.

Elle lui paraissait telle, en effet, par ses manières élégantes et distinguées, malgré le milieu dans lequel il la
rencontrait.

Clarence partit, tandis qu'elle rentrait avec Dolly dans
la voiture dont elle fermait la porte.

Les fenêtres étaient encore ouvertes pour donner accès
à la fraîcheur du soir, et le jeune de Bracy ralentit le pas
dans l'espoir de voir encore Dolly.

A son grand étonnement, la mère et la fille parlaient
allemand.

Comme cette langue était celle de son père qui était né
en Alsace, il l'avait étudiée avec ardeur, et entendit leur
conversation.

La femme avait repris son travail : devant elle, la petite
Dolly baissait la tête en considérant silencieusement son
bouquet.

— Maman, dit-elle enfin, je l'ai cueilli pour toi.

— Merci, Dolly, répondit la mère sérieusement. Je ne
veux pas ces fleurs. Ce que tu as pris par désobéissance

ne peut me faire plaisir. Nous ne causerons pas ce soir. Va te reposer, et n'oublie pas de réfléchir sur ta faute.

De grosses larmes tombèrent des yeux de la petite, qui regardait avec convoitise le souper servi sur la table.

— Dois-je me coucher tout de suite? j'ai si faim!

— Prends donc un morceau de pain, dit la mère sans lever les yeux.

— Pas autre chose, maman?

— Une enfant désobéissante mérite-t-elle davantage?

Dolly se tut toute honteuse, mais elle hésitait à s'en aller.

Elle s'approcha doucement de sa mère :

— Ne me donneras-tu pas le baiser du soir, maman?

— Pas maintenant.

— Plus tard, alors?

— Cela dépend de ta soumission.

— Pardonne-moi, maman; je ne veux plus jamais désobéir.

— Bien, mon enfant; tiens ta promesse et n'oublie pas, dans ta prière du soir, de remercier ton ange gardien qui t'a si bien protégée.

Dolly obéit, le cœur gros.

Elle se rendit, par une porte étroite, dans le compartiment de la voiture qui servait de chambre à coucher.

A genoux, auprès de son petit lit, elle fit sa prière à haute voix avec la plus grande dévotion.

Clarence l'entendait prier :

Il comprenait les invocations allemandes, et s'étonnait que la femme d'un vagabond eût élevé sa fille aussi bien que Milady élevait ses enfants.

Si Dolly eût été réprimandée grossièrement, si sa

mère l'eût menacée de châtiments, il n'en aurait pas été surpris; mais, ce qu'il venait d'entendre lui en imposait.

Le jeune garçon se sentit de la sympathie pour la pâle Madame Fairfax; mais, il était triste de savoir que la charmante enfant n'avait eu, pour son repas, qu'un morceau de pain sec.

Il lui vint une idée :

Sa poche contenait encore deux pommes délicieuses, qu'il destinait à Amy et à Ricarda; il voulut les donner à la petite Dolly.

Celle-ci venait de finir sa prière, et s'était avancée vers la fenêtre pour jeter un dernier regard sur la campagne.

Clarence l'aperçut, et lui fit signe d'approcher.

— Voici pour toi, dit-il en se levant sur la pointe des pieds.

Les yeux de l'enfant brillèrent de satisfaction.

Des pommes! de vraies pommes bien rouges! Comme elle souriait à ces fruits si rares pour elle!

Mais, tout à coup, son visage s'assombrit; et, forte contre la tentation, elle refusa en murmurant doucement :

— Cela ne m'est pas permis; maman veut que je n'aie que du pain.

A cette réponse consciencieuse, Clarence fut tout embarrassé, et il chercha un expédient.

— Prends-les, tu les mangeras demain : elles sont à toi.

— Non, dit Dolly; je ne puis rien recevoir sans que maman le sache : elle me l'a sévèrement défendu.

Au même moment, un gros chien, qui dormait sous la voiture, se mit à gronder.

Clarence se retira par prudence, en ajoutant :

— Je viendrai demain à la foire; je t'apporterai les pommes et je demanderai à ta mère la permission de te les offrir.

— Attends, je veux te donner quelque chose, reprit Dolly, et elle lui tendit un bouquet, en disant :

— Prends-le, et reviens demain, je t'en prie.

Clarence fit un signe d'assentiment, prit les fleurs et se dirigea vers le cottage, tout heureux de sa petite aventure.

A peine Clarence était-il parti, qu'un homme s'approcha de la voiture (page 119)

CHAPITRE XIV

Chez le peuple nomade

A peine était-il parti, qu'un homme s'approcha de la voiture.

Son pas devait être connu, car le chien n'aboya point, malgré le vacarme qu'il fit en montant l'escalier.

Après avoir tâtonné un instant, il entra se parlant à haute voix.

D'un regard, il examina la table servie, s'approcha de la femme qui travaillait étendit majestueusement la main, et dit d'une voix pathétique :

— La dame de céans est ici ! c'est une brave femme,

prudente et économe. Que fait ma chère compagne?
Comment va ma bonne Julia? Tout est bien quand elle
est bien.

Et, fixant le visage de l'ouvrière, il reprit :

— Comment! il y a donc toujours des nuages à votre
front?

La femme sourit doucement : il fit une profonde révérence, mit la main sur son cœur, et continua sa déclamation :

— O ma reine! pour nous et notre représentation, nous
vous demandons votre gracieuse bienveillance.

Puis, prenant un autre ton, il offrit son bras à sa
femme, lui désigna la table, et ajouta :

— Venez, venez avec moi : occupons-nous de l'affaire.

La femme mit son ouvrage de côté et se leva.

— N'es-tu pas fatigué, Percy, demanda-t-elle affec-
tueusement. Repose-toi et oublie ici le théâtre. Régale-toi,
mon ami.

— Comme tu parles prosaïquement, Dorothy. Prenons
place, cependant. En vérité, j'ai faim comme un loup et
j'ai soif, ma chérie.

Et, donnant une chiquenaude à la carafe, il déclama
de nouveau :

— Qu'on apporte le vin sur la table !

Mais, sa femme, qui pensait sans doute qu'à la répétition il n'avait pas eu soif, ne fit pas attention à sa demande.

— Es-tu libre, ce soir? dit-elle.

Percy, — Eusèbe Fairfax — fit une grimace tout en
prenant un morceau de veau froid.

— Pourrait-on se passer de Roméo? répondit-il.

Et, s'interrompant tout à coup comme une personne qui
a oublié quelque chose :

— Où est donc Dolly? demanda t-il.

— O Percy, comment as-tu pu dire à la petite de t'attendre devant l'auberge et ensuite l'oublier complètement? Pourquoi ne l'as-tu pas renvoyée à la maison?

— Hum! fit-il embarrassé : elle aura bien retrouvé son chemin!

— Oui, mais en faisant l'école buissonnière, ajouta la femme qui raconta son escapade.

— Un jeune garçon étranger l'a ramenée, reprit-elle.

— Et, tu lui as fait un sermon, naturellement, reprit-il en essayant de plaisanter.

Mais, Madame Dorothy répliqua sérieusement :

— Non, je l'ai envoyée au lit sans souper.

— O malheur! la pauvre petite! que le ciel la bénisse. Votre grâce ne fait pas bien de la gronder ainsi! Du reste, ajouta-t-il en reprenant sa prose, cela lui fera du bien de se coucher de bonne heure après une telle escapade ; mais, la faire jeûner, brrr!.. La compassion n'habite-t-elle pas les nuages? Dorothy, tu es trop sévère pour cette petite.

La femme réfléchit un instant.

— Je ne le pense pas, dit-elle. J'aime trop Dolly, et je voudrais toujours la voir gaie. Je suis heureuse quand la petite peut avoir un plaisir, mais son éducation me tient encore plus à cœur. Il vaut mille fois mieux que Dolly apprenne maintenant à obéir; plus tard, sa volonté propre pourrait la mettre à une école où la vie est un maître sévère.

Madame Fairfax soupira involontairement, comme oppressée par un triste souvenir.

Son mari se tut quelque temps, puis il passa à un autre sujet.

— Le directeur est ravi de ton travail, Dorothy! Les nouveaux costumes sont ravissants : on en prendra quelques-uns demain pour la dernière représentation qui sera

féerique et portera notre renommée jusqu'à la ville prochaine. C'est là que nous allons déployer tout notre luxe.

— Dans quelle pièce?

— Nous donnerons le *Songe d'une nuit d'été*, que nous
étudions et remettons à neuf. Nous devons y prendre part,
et c'est pour cela que j'ai fait attendre Dolly : le directeur
désirait la voir.

— Que lui voulait le directeur? demanda-t-elle d'un
ton mécontent.

— Eh bien! reprit Fairfax en se levant pour prendre
une bouteille de bière, le directeur pensait que, dans le
Songe d'une nuit d'été, elle ferait la plus gracieuse sylphide
qu'on pût rêver : il m'a supplié de la laisser jouer avec
nous.

Fairfax était si visiblement gêné en donnant cette explication, qu'il en oublia toutes les citations de Shakespeare, mais rien n'égala l'indignation de sa femme.

— Quoi? dit-elle exaspérée; cette question n'a-t-elle
pas été vidée il y a longtemps? Ne m'as-tu pas juré solen-
nellement de ne jamais demander que Dolly montât sur
les planches?

— Oui, j'ai promis et j'espérais pouvoir tenir ma parole;
mais, nos résolutions sont souvent fragiles. Le bon propos est esclave du souvenir : fort à sa naissance, il s'af-
faiblit par le temps.

Et, le comédien aurait cité le passage entier d'Hamlet,
si sa femme ne l'eût interrompu.

— Tu es donc incorrigible, Percy? Hélas! nous avons
à parler de choses très sérieuses.

— Certainement très sérieuses, répliqua-t-il : « Etre
ou ne pas être », voilà la grande question.

— Ecoute bien, reprit-il, le directeur se regarde comme
offensé, parce que nous ne voulons pas destiner la petite à

la scène. Bref, aujourd'hui il me parla comme Hamlet :
Eusèbe, avez-vous une fille ? — Qu'entend par là votre
Excellence ? — J'entends que votre devoir est de consacrer
aux Muses votre ravissante petite Dolly et de l'amener
dans notre temple des arts.

Et, comme je le remerciais de cet honneur, il devint
grossier, et me dit : « Eusèbe, vous êtes fou. »

— Cette politesse, lui dis-je, n'est pas de bon aloi : je
m'en vais, et tout est fini entre nous.

— Là-dessus, nous nous disputâmes longtemps ; et,
enfin, le directeur me dit en colère :

— Si vous ne voulez pas ce que je veux, vous pouvez
vous retirer.

— Plût au Ciel que tu l'aies pris au mot ! s'écria la
femme du fond du cœur. Faut-il donc toujours te répéter
qu'avec tes connaissances et ton éducation tu pourrais
faire beaucoup mieux que de remplir le rôle de saltimbanque... Non, ajouta-t-elle en se tordant les mains, non,
je ne donnerai pas l'enfant. J'aime mieux gagner par le
travail de mes mains notre pain à tous, plutôt que de continuer cette existence où, chaque jour, on peut rencontrer
des connaissances d'autrefois ou de tes parents. Je suis
fatiguée de vagabonder. Non, Percy, je ne puis pas le
supporter plus longtemps.

— N'ai-je pas fait assez de sacrifices ? reprit-elle tristement après un silence ; n'ai-je pas renoncé à toutes les
joies ? à mes amis, à une existence assurée, à mon pays ?
Et, je devrais encore hasarder le bonheur de Dolly ?
O Percy, si tu as pour moi une étincelle d'affection,
nous changerons à Douvres notre manière de vivre. Ce
voyage sera le dernier, comme tu me l'as promis lorsque...

La femme ne put continuer : elle éclata en sanglots ; il

y avait si longtemps qu'elle se taisait, supportant son sort avec une muette résignation !

Sa douleur était si profonde que son mari en fut tout ému.

Percy, — Eusèbe Fairfax de son nom de comédien — était un grand blond, d'une excellente famille.

Il comptait même un pair d'Angleterre dans sa parenté, mais son père était un cadet, et lui-même, comme le plus jeune, avait été jeté de bonne heure dans le tumulte de la vie.

Il possédait cependant une bonne éducation et des talents remarquables que gâtait une légèreté sans égale. Aussi, l'appelait-on un génie dévoyé, et, dans son insouciance, il en vint à se lier avec des saltimbanques.

Shakespeare resta son ami, son auteur de prédilection.

Lorsque sa famille commença à l'oublier et que la bonne société haussa les épaules en parlant de lui, il déploya les ailes de son génie, et jeta un regard de mépris sur l'humanité, quand il vit la foule l'applaudir comme prince ou roi de théâtre.

Néanmoins, dans les heures de solitude, il éprouvait parfois un sentiment de honte, et, sous les reproches de sa femme, il baissa la tête et l'assura que ses larmes lui fendaient le cœur, qu'il tiendrait sa parole et qu'il ferait ce qu'elle voudrait, dès que l'on serait à Douvres.

Pour dissiper ce que la situation avait de pénible, il reprit son Shakespeare et, se dressant de toute sa hauteur, il déclama avec emphase :

— O Dieu ! rendez-moi digne d'une si noble femme !

Puis, se jetant au cou de Dorothy, il l'embrassa tendrement en continuant :

— Tu es ma douce et chère compagne, et je te préfère aux gouttes de pourpre qui se pressent dans mon triste cœur.

Madame Dorothy leva sur lui ses yeux humides :

— Ne peux-tu donc pas être sérieux un instant, Percy? Cependant, je me fie à ta promesse. Tu tiendras ta parole et chercheras une position mieux en rapport avec tes capacités.

— Oui, ô Julie, tu as changé mon cœur! veille à ce que je ne perde pas mon temps.

Au milieu de sa déclamation, il s'arrêta tout à coup, en entendant des pas qui s'approchaient.

Aussitôt, il fut à la porte :

— Mes chers amis, soyez les bienvenus à Helsingorr. Donnez-moi la main, car les mains et les compliments font partie d'un bon accueil. Soyez les bienvenus, mes chers amis!

Et, une voix de basse répondit :

— Très bien déclamé, mon prince, bon ton et bons gestes.

Le possesseur de cette voix était un petit homme, déjà vieux, qui entra dans la voiture avec majesté, suivi d'un jeune compagnon, dont le visage rayonnait de plaisir aux saluts de Fairfax.

Par ces compliments, Percy avait donné à Dorothy le temps de sécher ses larmes.

— Votre nouveau costume est fini, Monsieur Polonius, et le vôtre aussi, Monsieur Sander, dit-elle tranquillement à ses hôtes. J'espère que les garnitures vous conviennent?

— Parfaitement, comme tout ce que fait Madame Dorothy, répondit galamment le vieux Polonius, tandis que Sander retournait le costume de tous côtés et faisait mille compliments à Madame Fairfax.

— Nous partons après demain, dit la basse : le direc-

teur vient de nous le dire, et il se promet un grand succès
à notre prochaine station.

— Bah! s'écria Fairfax, je dis avec notre grand ami
Shakespeare : « A dire vrai et sans détours, nous allons
gagner un village qui n'a d'autre valeur que son nom et
que je ne louerais pas pour quatre ducats. »

— Je le crois aussi, dit Polonius! Oh! voilà la cloche
qui sonne déjà : il est temps de partir; dans une demi-
heure, la représentation va commencer. Etes-vous prêt,
Montaigu, cria-t-il à Fairfax; et, se tournant vers la
femme, il ajouta :

— Ne venez-vous pas voir Roméo, ce soir, Madame
Fairfax?

— Non, merci, dit-elle du ton d'indifférence avec lequel
elle répondait à cette fréquente question.

Jamais Madame Dorothy n'assistait à une représentation; elle ne voyait les membres de la troupe que quand
ceux-ci venaient commander du travail ou chercher les
costumes.

Elle menait une vie solitaire au milieu de ces vagabonds;
et, bien qu'elle passât pour fière, elle était très aimée, et
l'on recourait volontiers à son adresse.

On s'était accoutumé à ses manières; on s'y soumettait
involontairement.

Madame Dorothy avait environ quarante ans, et était
autrichienne de naissance. Entre son caractère calme,
mélancolique et celui de son mari qui vivait sans aucun
souci, il y avait le plus grand contraste; cependant, ils
s'aimaient beaucoup, et Madame Fairfax prenait à cœur
tous ses devoirs.

Bien qu'elle n'eût aucune sympathie pour la profession
de Percy, néanmoins elle s'occupait sérieusement de tout

ce que réclamaient ses rôles. C'est pourquoi elle lui demandait encore ce soir si tout était prêt pour le lendemain, ou s'il avait encore besoin d'elle.

— Non, dit-il en s'inclinant profondément, nous avons déjà tous nos costumes.

Il laissa ses compagnons aller en avant, et revint près de sa femme pour l'embrasser.

— Ne t'inquiète pas pour Dolly, lui dit-il avec intérêt : je tiendrai ma parole, je te le promets. Dès que nous serons à Douvres, je donnerai ma démission au directeur. Nous vendrons alors notre maison roulante, nous irons en France, et nous tâcherons d'y trouver une position plus honorable. Je me remuerai, je t'assure, et tout ira bien.

La femme sourit de sa bonhomie, et répondit aussi par ce passage d'un auteur :

— J'emploierai si bien mes moyens qu'avec peu de chose, j'arriverai loin.

— Une meilleure femme que toi!.. Ah! les soleils n'en ont pas rencontré dans le monde.

— Parle donc raisonnablement, interrompit-elle.

— C'est ce que je fais, dit-il.

Il l'embrassa, et courut sur les traces de ses compagnons.

Dorothy le suivit du regard jusqu'à ce qu'il eût disparu entre les baraques ; puis, elle leva les yeux au ciel où les étoiles commençaient à briller, et poussa un long soupir.

Après avoir goûté quelques instants la fraîcheur de la nuit, elle ferma la porte à clef, et vint s'agenouiller près du petit lit de Dolly.

L'enfant dormait, mais son sommeil était léger : elle se réveilla.

— Maman! donne-moi un baiser, et pardonne-moi, murmura-t-elle doucement. Dolly t'obéira toujours.

— Oui, ma chérie, sois obéissante, dit la femme en se penchant vers la petite qui l'entoura de ses bras, et se rendormit.

Elle ne vit plus les larmes que sa mère versa en silence pendant que celle-ci répétait :

« O toi, qui es toute ma joie et mon dernier bonheur, personne ne t'enlèvera à mon affection. »

Fairfax arrêta ses chevaux et salua le jeune gentleman (page 133)

CHAPITRE XV

Petites causes, grands effets

La première pensée de Dolly, aux lueurs de l'aube, se porta vers son ami de la veille; elle se demandait s'il tiendrait la promesse qu'il lui avait faite.

Elle lui avait demandé son nom, et avait reconnu en lui un petit gentilhomme.

Aussi, les heures lui parurent-elles d'une longueur démesurée.

L'après-midi s'écoula sans amener la visite attendue. Madame Fairfax s'occupait à mettre tout en ordre pour le départ du lendemain, tandis que Dolly, une poupée dans les bras, assise sur le premier degré de l'escalier, regardait ce qui se passait sur la foire, ne désespérant pas de voir arriver Clarence.

Elle eût bien voulu se glisser dans les différents groupes, mais elle avait promis d'obéir, et elle resta à son poste, jetant les yeux sur la route qu'elle avait parcourue la veille avec son jeune compagnon.

Soudain, elle vit venir au trot une élégante calèche qui, au lieu de passer dans la ville, traversait la place et s'arrêtait devant la maison roulante.

Clarence s'élança hors de la voiture : Dolly fut rayonnante.

— Maman! maman! viens donc voir! voici le bon jeune homme d'hier soir qui arrive dans une belle voiture, cria-t-elle joyeusement.

Et, elle sauta au bas de l'escalier pour lui souhaiter la bienvenue; mais, soudain, elle s'arrêta interdite. Une belle dame, très distinguée, se penchait à la portière et lui faisait signe d'approcher.

Clarence prit Dolly par la main, en l'assurant que ses sœurs étaient dans la calèche et qu'elle pouvait avancer sans crainte.

Lady Flavie s'était décidée à cette excursion pour faire plaisir à Amy et à Ricarda.

Son fils pouvait donc tenir sa promesse et montrer à sa mère la maison roulante de sa protégée.

Tout ce qu'il avait raconté à Milady avait vivement intéressé celle-ci, et ce ne fut pas sans curiosité qu'elle examinait la voiture des saltimbanques dans la porte de laquelle venait d'apparaître, comme une charmante vision, la triste Madame Fairfax.

Celle-ci lança un regard interrogateur sur lady Flavie, et changea subitement de couleur.

De son côté, Madame de Bracy, vivement impressionnée, jeta un cri de surprise.

— Dorothy Bronner! Mes yeux ne me trompent-ils
pas?

Madame Dorothy avait repris son sang-froid : du reste,
elle ne pouvait plus reculer; mais, sa figure était devenue
livide et son cœur était en proie aux émotions les plus
diverses.

La joie l'emporta enfin; et, voyant que lady Flavie
désirait la saluer, elle vint rapidement au-devant d'elle,
et lui dit simplement :

— Oui, Milady, je suis vraiment Dorothy; mais, j'ai
changé mon nom de jeune fille contre celui de Mistress
Percy Fairfax.

— Vous avez épousé Percy Fairfax, et il...

— Il est maintenant comédien, ajouta courageusement
Dorothy avec un sourire douloureux. Nous appartenons
au peuple nomade, et voici notre pays.

— Permettez-moi d'entrer chez vous, Madame Fairfax,
dit Flavie avec cette délicatesse qui dénote la bonté du
cœur. J'aimerais bien causer un peu avec vous : il y a si
longtemps que nous ne nous sommes vues; nous avons
beaucoup de choses à nous dire.

Et, sans attendre la réponse, elle monta l'étroit escalier,
et s'assit dans la voiture qui constituait le petit royaume
de Dorothy.

Tandis que les dames s'entretenaient ensemble, les
enfants s'amusaient entre eux comme de vieilles connaissances.

Clarence achetait les plus belles pommes, et Amy était
d'une grande amabilité pour Dolly, qui ne pouvait se ras-
sasier de regarder tour à tour les nouveaux venus, les chevaux et l'élégant équipage.

C'est sur ce dernier que ses yeux se portaient surtout, parce que, sur le coussin de soie, Ricarda trônait comme une petite reine à côté de sa bonne, et rien ne pouvait la décider à descendre.

Dolly lui tendit la main ; Ricarda cacha la sienne.

Clarence invita sa cousine à venir jouer sur le gazon ; mais, elle refusa.

Madame Fairfax, les yeux humides, accompagna lady Flavie jusqu'à la calèche, et la remercia des témoignages d'amitié que celle-ci lui avait donnés ; elle refusa cependant, par un sentiment de délicatesse facile à comprendre, de faire une visite au cottage, tout en permettant à sa fille d'accepter les fruits apportés par Clarence.

Quand la voiture se remit en marche, Ricarda cacha sa tête sous les coussins et fondit en larmes.

Personne ne put savoir pourquoi elle pleurait : peut-être ne le savait-elle pas elle-même.

Elle sanglotait en réclamant Mercédès.

Le lendemain, elle fut de bonne heure chez celle-ci, et lui demanda avec autorité de la conduire de suite à la foire pour revoir les baraques.

Mercédès essaya d'abord de remettre la promenade à plus tard ; mais, faible comme toujours, elle se rendit aux désirs de Ricarda.

Elle ne trouvait pas désagréable de visiter la foire, mais elle fut bien surprise du peu d'intérêt que la petite fille témoigna pour les boutiques.

— Allons plus loin, disait Ricarda : je veux voir encore une fois les maisons roulantes et la *fille du vagabond* que Clarence a embrassée et à qui il a donné les belles pommes.

Mais, la voiture de Fairfax était déjà partie, ce qui mit la petite châtelaine dans une colère inexprimable : elle ne

comprenait point que l'on contrariât le moindre de ses
caprices ; elle en voulait à ces saltimbanques d'être partis
sans l'attendre.

Pendant ce temps, Clarence avait trouvé précisément
ce que regrettait Ricarda.

Il s'amusait dans le jardin lorsque, tout à coup, il aperçut de loin la voiture de Percy Fairfax qui allait passer
près du cottage et de la vieille abbaye.

D'un bond, il fut sur la route pour l'attendre.

Grande fut sa joie quand il vit le doux visage de Dolly se
montrer à la fenêtre, et celle-ci crier à son papa qui remplissait le rôle de cocher :

— Voilà mon nouvel ami.

Fairfax arrêta ses chevaux, et salua le jeune gentleman
d'une citation théâtrale.

Les enfants furent heureux de se revoir : Clarence
demanda la faveur d'aller un instant en voiture, et Dorothy ne fit aucune objection.

Cachée derrière les rideaux, elle contemplait avec émotion l'habitation de lady Flavie, qui lui souriait au milieu
d'un parc en fleurs.

Peut-être reportait-elle sa pensée vers une maison plus
modeste située dans son pays, et qu'elle avait abandonnée
pour cette vie aventureuse qui désormais était la sienne et
qu'elle ne quitterait peut-être de longtemps.

Des larmes s'amoncelaient sous ses paupières; mais,
elle les refoula et se livra avec calme à ses occupations,
tandis que Clarence s'amusait avec Dolly à regarder la
campagne.

Il fallut, cependant, se séparer après force poignées de
main, et bientôt l'aimable Clarence se retrouva seul sur
la grand'route.

Soudain, il eut une ravissante pensée. Assis au pied

d'un arbre, il tira son carnet et dessina de quelques coups
de crayon la voiture du saltimbanque avec la tête bouclée
de Dolly à la fenêtre, puis revint à la maison où il raconta
sa promenade.

— Sais-tu qui j'ai rencontré hier à la foire? disait
Flavie à son mari.

— Comment veux-tu que je le sache !

— Te souviens-tu encore de cette gracieuse jeune
fille qu'au temps de notre mariage, ta tante, la comtesse
Fleury, amena à Londres comme dame de compagnie?

— Sans doute, tu veux dire Mademoiselle Bronner.

— Elle-même, je l'ai rencontrée à la foire : elle est la
femme d'un saltimbanque qui n'est autre que le neveu de
lord Chester, Percy Fairfax.

— Ah ! ce génie dévoyé! l'adorateur enragé de Shakespeare ! dit le colonel en riant aux éclats.

— Ah! reprit M. de Bracy, riant toujours, on comprend facilement qu'au lieu d'enseigner, il ait préféré
déclamer! Il a mis au clou le bonnet de docteur, pour
prendre celui de bouffon qui lui convient bien. Toujours
il a été un homme excentrique : mais, comment Mademoiselle Bronner a-t-elle pu l'épouser? c'est une véritable énigme : bah! les extrêmes se touchent

Ce sujet intéressait assez le colonel pour qu'il le conti-
nuât encore longtemps; mais, avant qu'il eût repris la
parole, les enfants avaient déjà quitté la chambre, et Clarence avait choisi une place tranquille pour terminer son
dessin.

Le jeune garçon travaillait avec une telle ardeur que le
temps prit des ailes; et, il ne remarqua point son père qui,
depuis longtemps, se tenait derrière lui, gardant le plus
profond silence, tant il était étonné de ce qu'il avait là,
sous les yeux.

Enfin, le colonel n'y tint plus.

— Vraiment, mon garçon, tu es un artiste, un génie caché, s'écria-t-il en se penchant sur l'épaule de Clarence qui lui tendit l'image.

L'exécution révélait un vrai talent, et Monsieur de Bracy était enchanté.

— Flavie, dit-il, en apportant le dessin à sa femme, je viens de faire une découverte. Regarde, voilà ce qu'a fait notre Clarence : il a vraiment des dispositions d'artiste; son talent est incontestable. Il faut l'envoyer à l'école d'Anvers.

Lady Flavie ne put cacher son admiration. Le colonel n'avait pas exagéré.

Cet incident donna lieu à un long entretien, et Clarence déclara que, depuis longtemps, son plus grand désir était de devenir peintre.

Après avoir mûrement réfléchi, les parents renoncèrent aux plans qu'ils avaient formés; et, six mois plus tard, Clarence dont la vocation était sérieuse, se trouvait sur la route d'Anvers.

Mais, avant le départ du jeune peintre, son petit chef-d'œuvre était devenu un sujet de désordre entre le cottage et l'abbaye.

Clarence avait travaillé avec soin pour terminer son dessin; il l'avait montré à Ricarda qui reconnut tout de suite la petite fille dont la vue l'avait si désagréablement impressionnée.

La petite châtelaine recommença sa bouderie et témoigna un grand déplaisir à Clarence.

Quelques jours plus tard, celui-ci s'aperçut que son image lui manquait; et, enfin, il la trouva déchirée en mille morceaux.

Il eut d'abord un violent mouvement de colère, et vou-

lut faire sentir à Ricarda son mécontentement. Mais,
c'était une petite fille jalouse et méchante! Il se contenta
de la réprimander en ajoutant que, désormais, elle était
indigne de son amitié; et, depuis lors, il ne la traita plus
qu'avec froideur.

L'heureuse perspective de pouvoir former son talent
d'artiste, donna aux pensées de Clarence une tout autre
direction; et, pendant le reste des vacances qu'il passa
à la maison paternelle, il n'eut plus le temps de jouer
avec les deux enfants, ce qui rendit l'exigeante Ricarda
très malheureuse.

Elle-même devint revêche et si opiniâtre que tous les
habitants de Lytonhall trouvèrent difficile de vivre avec
elle.

L'institutrice, recommandée par lady Flavie, voyant
que ses efforts n'avaient point de succès, renonça à la lutte
et repartit pour son pays.

Madame de Bracy en prit occasion de faire de nouvelles
remontrances à son cousin, ce qui indisposa Vivien contre
elle.

Sans doute, il souffrait lui-même beaucoup du despo-
tisme de sa fille; mais, il ne pouvait entendre personne
blâmer l'enfant gâtée. Aussi, ne supportait-il pas les
observations de Flavie; et, comme celle-ci parlait en toute
franchise, on supprima peu à peu les visites entre Lytonhall et le cottage.

La vie devint alors, pour le châtelain, plus monotone
et plus ennuyeuse qu'elle ne l'avait été jusque-là, et sa
santé exigea de nouveaux soins.

Son nouveau docteur, une célébrité médicale de Londres, lui conseilla une ville d'eaux en Allemagne.

Vivien s'imagina qu'il y trouverait, sinon la guérison,
du moins un grand soulagement, et il attendait des mira-

cles des eaux de Wiesbaden. Aussitôt, il résolut d'aller
sur le continent avec sa petite fille, et d'éviter ainsi la
mésintelligence avec les de Bracy.

Il y avait à peine quelques semaines que Clarence avait
quitté le cottage pour se consacrer à son art avec toute
l'ardeur de la jeunesse, lorsque le châtelain de Lytonhall
dit adieu à l'Angleterre, avec sa fille de huit ans et quelques
domestiques.

Mère Meg supporta en silence ce nouvel ordre de choses : elle resta seule gardienne de la vieille abbaye où,
désormais, régna un silence de mort.

—•◦◦◦•—

Monsieur Carré ne pouvait se séparer du tableau (page 141)

CHAPITRE XVI

Après dix ans

Un jour d'automne, un pauvre paralysé, s'appuyant sur un domestique, visitait la nouvelle Pinacothèque (1) de Munich.

Il apportait la plus grande attention aux nombreux tableaux qui décoraient la salle, et savait en distinguer les chefs-d'œuvre. Alors, il s'asseyait sur un pliant que le domestique avait toujours à son service, et détaillait avec beaucoup de talent et de sens artistique les beautés de la peinture.

(1) Galerie de peinture.

Une jeune dame très élégante venait cependant le tirer de ses méditations. Elle n'aimait pas rester longtemps devant le même tableau, mais parcourait les grandes salles d'un pas léger, jetant un coup d'œil distrait à droite et à gauche, sans oublier d'examiner les visiteurs qui se trouvaient avec elle, et sur lesquels elle faisait une singulière impression.

C'était une jeune fille à la taille svelte et élancée; son regard était audacieux; mais, ses yeux noirs, ombragés d'épais sourcils, rendaient son visage intéressant sans lui prêter plus de grâces.

Il y avait une certaine dureté dans ses jeunes traits où se peignait l'habitude de voir tout céder à ses désirs.

La jeune lady, — car les deux étrangers étaient anglais — s'occupait fort peu du malade dont elle laissait le soin au domestique, et allait d'un tableau à l'autre selon son caprice.

— Ricarda, mon enfant, s'écria tout à coup son père : viens voir ici ce beau paysage anglais! c'est un morceau de notre pays! Plus de doute! voilà le chemin qui va de Lytonhall à D... Comme les peupliers, au bord de la route, sont bien rendus! comme cette contrée sourit à celui qui la connaît! Ne la reconnais-tu pas, Ricarda? Vraiment, c'est un magnifique tableau! Et, le fond est bien choisi pour l'idylle qu'il représente!

Sa fille, debout près de lui, considérait la peinture avec attention :

Ses yeux avaient un éclat particulier : était-ce la joie ou le mécontentement?

Ah! elle reconnaissait bien le sujet de ce paysage.

Dix ans auparavant, elle l'avait vu dans de plus modestes proportions.

Alors, elle n'était qu'un enfant; et, cependant, elle

n'avait jamais oublié ce qui avait éveillé sa jalousie et l'avait portée à mettre en pièces le travail de son cousin Clarence.

Tous ses souvenirs se réveillèrent; mais, ce n'était pas le paysage qui attirait ses regards.

C'était une voiture verte, à la fenêtre de laquelle paraissait le visage d'une belle enfant qui, avec son mouchoir blanc, faisait un signe d'adieu à un petit garçon debout sur la route à l'ombre des grands arbres.

Tout était fidèlement reproduit, jusqu'au plus petit détail. Seule une main de maître avait pu utiliser ainsi la première ébauche.

— C'est l'œuvre de Clarence, dit-elle avec dédain. Tiens, voici son nom dans ce coin.

— Tu as raison, s'écria joyeusement Vivien Carré, nous pouvons en être fiers : c'est un véritable chef-d'œuvre.

Monsieur Carré ne pouvait se séparer du tableau, tandis que sa fille avait déjà repris sa promenade dans la salle.

Enfin, elle revint vers son père.

— Je suis fatiguée, papa, dit-elle; retournons à l'hôtel.

— Tout de suite, mon enfant; comme tu voudras; mais, l'après-midi est encore longue, et le temps passe ici si agréablement!

— Tu te fatigues avec ta manie des tableaux, répondit-elle d'un ton bref; allons.

Elle offrit son bras à son père, tandis que le domestique allait chercher une voiture.

— N'est-ce pas curieux, disait Vivien, que nous ayons découvert le paysage de Clarence avant de l'avoir vu lui-même? J'étais sûr de le trouver ici.

— Tu aurais dû écrire d'avance, papa; c'eût été plus prudent. Les surprises sont rarement amusantes, reprit Ricarda en faisant la moue.

— Quelquefois, cependant, dit le père avec un sourire. La surprise de trouver en Clarence le peintre de ce chef-d'œuvre est vraiment charmante. Son talent est hors de doute et le met au rang des premiers maîtres.

— C'est une consolation. Du reste, je ne comprends pas qu'un baron n'ait rien de mieux à faire qu'à tenir la palette et le pinceau. Je n'admets pas cette manie, et je ne sais pourquoi le colonel a permis à Clarence d'en faire son gagne-pain. Même dans le cas où les de Bracy seraient forcés de gagner leur vie, Clarence aurait dû choisir une position plus distinguée. Pourquoi, à l'exemple de son père, ne serait-il pas entré dans l'armée?

— Mais, mon enfant, que tu parles follement ! interrompit son père. Tu sais très bien que Clarence n'a pas besoin de son talent. Dans peu de temps, dès que vous serez mariés, il sera seigneur de Lytonhall : je m'y déciderai encore de mon vivant. Tout ce que je demande à l'avenir, c'est de te voir heureuse, ma chérie, et de terminer paisiblement mes jours dans la vieille abbaye.

Cette déclaration de Vivien n'était pas une simple phrase : il parlait sérieusement.

Sa jeunesse aventureuse était loin derrière lui. L'infirmité avait refréné son caractère indomptable; mais, il avait conservé une certaine activité.

Depuis dix ans, il vivait sur le continent, et passait presque toute l'année à Wiesbaden. Les bains avaient diminué ses douleurs, et le séjour de la ville d'eaux lui avait été très agréable depuis qu'il s'était séparé de sa fille, ce qu'il avait fait peu après le départ d'Angleterre.

Son état et le caractère violent de Ricarda l'avaient forcé à cette résolution. Il la confia d'abord à une institution sur les bords du Rhin, et plus tard l'envoya à Genève; mais, nulle part Ricarda n'apprit à modifier son caractère : on eût dit que la richesse l'exemptait du règlement.

Aussi, revint-elle à dix-sept ans auprès de son père, avec tous les défauts de son enfance.

Celui-ci s'en aperçut bientôt; mais, il était trop tard pour remonter le courant : il n'en avait pas la force. Il soupirait en secret, et se consolait en pensant que Ricarda épouserait son cousin ; car, c'était une affaire décidée pour lui : il y comptait d'autant plus que Ricarda ne l'avait jamais contredit sur ce point.

Elle évitait généralement d'en parler, bien qu'on reconnût en elle une prédilection pour Clarence. Tous deux ne s'étaient pas revus depuis six ans.

Le jeune homme avait habité successivement Anvers, Rome et Munich.

Mais, quoiqu'il y eût entre les de Bracy et Vivien Carré une certaine froideur, ce dernier n'avait point perdu Clarence de vue, et il se montrait pour lui un oncle bon et généreux qui portait le plus grand intérêt à sa carrière d'artiste.

C'est pour cela qu'il s'était proposé de faire, avec sa fille, un long séjour à Munich, dans l'espoir que Clarence serait heureux de les accompagner et reviendrait avec eux en Angleterre.

Monsieur et Madame de Bracy, toujours sur la réserve, évitaient de faire la moindre allusion aux plans d'avenir du châtelain.

Le colonel, lui-même, qui, cependant, ne regardait Vivien que comme l'intendant de Lytonhall, avait laissé à Clarence toute liberté pour choisir sa voie, après avoir constaté ses talents dans la peinture.

Clarence était donc devenu un jeune homme indépendant, qui consacrait à son art la plus grande partie de son temps.

La pensée de voir son oncle, à Munich, remplissait d'enthousiasme le jeune artiste : il pourrait lui montrer les trésors incomparables conservés dans les musées de cette ville.

L'intérêt que lui témoignait son oncle le lui avait rendu très sympathique, et il se réjouissait de revoir Ricarda, se demandant curieusement quelle impression la fière jeune fille ferait sur lui, et bien décidé à renouveler leur amitié d'enfance.

Il souriait maintenant en pensant aux disputes d'autrefois, et à cette petite lady, si capricieuse, qui essayait de le dominer tantôt par l'affection et tantôt par la colère.

Il avait choisi la capitale de la Bavière comme séjour habituel, et il y revenait toujours, bien que sa manie de voyager le portât souvent dans d'autres pays, à la recherche des beautés de la nature.

L'été le voyait dans les vallées, sur les montagnes, au bord des lacs, et Clarence venait précisément de quitter Munich, quand son oncle pensait le surprendre.

D'après ses calculs, il ne devait l'attendre que la semaine suivante, et avait profité de ces quelques jours pour faire une excursion dans une contrée des environs. Son atelier était fermé, et le propriétaire ne savait pas où l'artiste se trouvait.

Deux jours plus tard, Vivien se présentait chez lui et trouvait porte close.

Ricarda éprouva une grande contrariété de ne pas rencontrer son cousin.

Son père, quoique mécontent, fut assez juste cependant pour s'en attribuer la faute.

— J'ai été imprudent de ne pas lui écrire d'avance, dit-il avec tristesse. Viens, mon enfant ; ne boude pas :

faisons contre mauvaise fortune bon cœur. Ce serait bien terrible si nous ne pouvions pas rester seuls sans nous ennuyer dans une ville aussi intéressante que Munich.

Malgré sa faible santé, Vivien sut profiter de l'occasion pour visiter les merveilles de la ville.

Ricarda, au contraire, n'en prit connaissance que superficiellement.

L'indomptable enfant n'avait même pas la pensée de se conformer aux goûts de son père ni de lui sacrifier un caprice.

Vivien, toujours à ses côtés, lui paraissait trop monotone. Aussi, attendait-elle avec impatience l'arrivée de son cousin qui saurait donner du charme à ses voyages.

A ses pieds s'étendait la gracieuse ville de Wurzbourg (page 147)

CHAPITRE XVII

Hasard ou Providence

— Que ce coin de terre a d'agréments pour moi! s'écriait un jeune homme plein de vie en admirant le ravissant panorama qui se déroulait sous ses yeux.

A ses pieds, s'étendait, dans la vallée du Mein, la gracieuse ville de Wurzbourg avec son château et ses belles églises, au milieu desquelles s'élevait la cathédrale dont la coupole était dorée par le soleil.

— Vraiment, cette vallée du Mein est d'un aspect féerique, répétait-il avec enthousiasme; la contrée me plaît! elle est plus belle que je ne m'y attendais.

147

Clarence de Bracy, — car c'était lui — avait bien raison.

De quelque côté qu'il portât ses regards, il ne rencontrait qu'un spectacle enchanteur : la ville élevant dans les airs ses tours nombreuses, les riantes prairies où le Mein roulait ses ondes limpides, les vignes ensoleillées qui s'étageaient sur les côteaux, les hauteurs orgueilleuses reflétées par le miroir des eaux, la citadelle qui semblait dominer le pays tout entier, le couvent des capucins dont la chapelle protégeait l'autre rive, tout cela formait un tableau capable de transporter un artiste comme lui.

Clarence, en effet, s'était consacré de toute son âme à la peinture. Il avait cultivé son talent avec persévérance, et, dès ses jeunes années, il s'était acquis un nom.

Son plus grand plaisir était d'être avec des amis renommés qui l'encourageaient au travail ; mais, quand il avait quelque loisir, il repartait pour chercher de magnifiques points de vue dans la belle nature et pour en prendre l'esquisse.

C'était la première fois qu'il s'arrêtait à Wurzbourg.

A tout hasard, il avait voulu venir jusque-là à la rencontre de son oncle et de Ricarda ; et, en attendant leur arrivée, il parcourait les environs de la ville.

Dès que le soleil fut sur son déclin, il se rendit à la cathédrale. Un religieux silence régnait sous ses voûtes élevées, et peu de visiteurs en troublaient la majesté.

Clarence s'avança doucement jusqu'aux autels dont les tableaux captivaient ses regards. Tandis qu'il contemplait une chapelle latérale, il aperçut un vieux monsieur, la tête dans les mains, plongé dans une profonde méditation, et fut frappé de cette blanche chevelure, des traits fins de ce visage et de ces vêtements qui gardaient encore une certaine noblesse dans leur pauvreté.

Un religieux silence régnait sous ces voûtes élevées (page 148)

Auprès de lui, une jeune fille à genoux levait ses beaux yeux vers l'autel.

Il semblait à Clarence qu'il avait déjà vu, une fois dans sa vie, ce visage charmant. Il ne pouvait en détacher son regard, et la pieuse enfant ne se doutait pas de l'admiration dont elle était l'objet.

Quand elle eut fini sa prière, elle se leva et offrit son bras au vieillard qui s'y appuya pour quitter l'église à petits pas.

Clarence en fit autant : sa curiosité était surexcitée au plus haut point.

Il ne lui fut pas difficile de suivre le groupe, car le vieillard n'avançait que lentement : la patience de son guide semblait inépuisable. C'était un spectacle touchant de voir l'attention avec laquelle elle le conduisait à travers les rues animées de la ville.

Arrivé près du pont, Clarence rencontra un de ses collègues qui l'arrêta quelques instants, et il perdit de vue le vieillard et la jeune fille.

— Oh ! Clarence!... Monsieur de Bracy!... dit gaiement Dolly (page 156)

CHAPITRE XVIII

En Bavière

Le lendemain, le jeune artiste retourna au dôme pour terminer sa visite, et dans l'espoir secret de revoir le groupe intéressant de la veille. Le vieillard était seul.

Au moment où il terminait sa prière, un petit garçon s'approcha de lui :

— Venez, Monsieur le professeur, lui dit-il : il est déjà tard.

Le vieillard saisit la main du petit garçon qui, avec l'impétuosité de son âge, ne mesurait point son pas sur celui du professeur.

153

Celui-ci se sentit fatigué, et s'appuya pour se reposer.

— Permettez-moi de vous offrir mon bras, dit Clarence sans embarras.

Le vieillard fixa sur le jeune homme des yeux presque éteints, et saisit d'une main tremblante l'appui qu'on lui offrait.

— La marche me devient difficile, mon jeune monsieur, observa-t-il d'une voix faible, je vous remercie.

— Vous allez trop vite, remarqua Clarence : marchons plus lentement.

Son compagnon lui obéit, et retomba dans ses réflexions.

Le petit guide, qui avait d'abord regardé l'étranger avec une certaine défiance, partit en avant pour montrer le chemin de la maison.

Bientôt, ils atteignirent la demeure du professeur, et on les avait sans doute aperçus, car une femme vint à leur rencontre.

— Père ! cria-t-elle avec inquiétude, en tendant les deux mains et en fixant sur le jeune homme un regard interrogateur.

Clarence eut peine à retenir un cri d'étonnement : il lui semblait reconnaître cette femme. Mais, elle ne fit aucune attention à lui : tous ses soins étaient pour son vieux père.

Elle l'aida avec précaution à entrer dans une chambre modestement meublée, et ce n'est que quand il fut commodément assis dans son fauteuil qu'elle exprima ses remerciements à l'étranger.

— Mistress Fairfax ! Est-ce vous réellement? s'écria Clarence tout à coup.

La femme recula étonnée, en examinant son interlocuteur.

— Oui, je suis Madame Fairfax. Vous me connaissez donc?

— Et, vous ne reconnaissez pas un ancien ami d'Angleterre? Il est vrai que bien des années se sont écoulées depuis que vous m'avez permis d'aller en voiture avec vous dans la vallée de Lytonhall.

— Oh! le fils de lady Flavie! exclama Madame Dorothy, tandis qu'une vive rougeur colorait son visage.

— Oui, c'est moi, reprit Clarence en souriant. J'espère que vous me permettrez de renouveler connaissance dès que votre père aura repris des forces : ce n'est qu'une faiblesse passagère.

Madame Fairfax donna d'abord un fortifiant à son vieux père, et se livra ensuite tout à la joie de retrouver en Clarence un ami des jours d'autrefois, qui, malgré les souffrances qu'elle avait endurées, lui étaient restés toujours chers. Aussi, lui souhaita-t-elle cordialement la bienvenue.

— Je n'aurais jamais supposé que je vous retrouverais ici, Madame; cependant, je vous ai reconnue tout de suite, dit joyeusement Clarence. Mais, comment êtes-vous venue dans ce pays?

— C'est à mon père, le professeur Bronner, que vous avez offert votre appui, répondit Dorothy en se penchant tendrement vers le vieillard à qui elle nomma le visiteur.

— Je vous suis bien reconnaissant, mon jeune monsieur; vous venez d'Angleterre? vous avez été l'ami de Monsieur Fairfax?

Et, sans attendre la réponse, le professeur reprit sa méditation pour s'occuper sans doute de la solution d'un problème.

— Comment va Monsieur Percy? et ma petite amie Dolly? dit Clarence.

— Mon mari a entrepris un grand voyage : il se trouve
en Amérique, répondit Madame Fairfax avec tristesse; en
attendant, je vis ici avec Dolly et mon père dans une profonde solitude. Dolly est allée reporter du travail au couvent : elle sera de retour dans un quart d'heure.

Bientôt, en effet, des pas légers se firent entendre, et
sur le seuil parut la jeune dame du dôme.

Maintenant, Clarence savait où il avait vu autrefois ces
beaux yeux bleus; il reconnaissait parfaitement ce joyeux
visage d'enfant qu'il avait peint de mémoire, mais qu'il
n'eût pu reconnaître la veille, à cause du changement que
dix années avaient apporté chez Dolly.

Elle avait grandi, et était devenue une grande et belle
jeune fille; son visage avait une expression nouvelle que
n'avait pas l'enfant du vagabond.

En arrivant, ses yeux cherchèrent le vieillard, et s'arrêtèrent étonnés sur le nouveau venu. Leurs regards se
rencontrèrent, et les joues de Dolly se couvrirent d'une
subite rougeur.

— Dolly! Mademoiselle Fairfax! s'écria involontairement le jeune homme : n'avez-vous pas oublié tout à fait
Clarence?

— C'est Monsieur de Bracy, mon enfant, dit la mère;
il semble être destiné à me ramener ceux que j'aime.
Aujourd'hui, mon père; autrefois, la petite promeneuse
qui ne retrouvait plus sa route.

— Oh! Clarence! Monsieur de Bracy! dit gaiement Dolly
en tendant sa main droite! Je me souviens très bien de
vous, car je n'ai jamais oublié mon ami de la foire, ni la
visite que vous nous avez faite dans notre maison roulante
avec Madame votre mère. Ce fut le plus joyeux évènement de mon enfance, et il m'est resté le plus cher souvenir de nos voyages en Angleterre.

—Dolly ! Dolly ! murmura le vieux professeur, où es-tu ?
j'ai trouvé la solution du problème, et je veux te l'expliquer.

— Grand papa ! aujourd'hui, nous sommes tous heureux. Tu as trouvé ta solution, et, maman et moi, nous
avons retrouvé un ami qui vient nous voir. Viens causer
avec nous.

Le vieillard se leva, et salua Clarence comme s'il le
voyait pour la première fois.

— Vous arrivez d'Angleterre, Monsieur, répéta-t-il en
se mêlant à la conversation. Soyez le bienvenu.

On avait tant à se raconter que le soir arriva sans qu'on
s'en aperçût, et Clarence promit de revenir le lendemain.

Il reprit songeur le chemin de la ville en suivant le cours
silencieux du fleuve. Ses pensées se reportaient vers le
passé, et il oubliait qu'il était en pays étranger et qu'il
attendait la visite de son oncle.

La rencontre inopinée qu'il venait de faire avec l'idéal
de ses jeunes années, donna une autre direction à ses projets, et il résolut de laisser reposer pendant quelque temps
son bâton de voyageur.

Le lendemain, le jeune peintre revint dans la demeure du professeur (page 159)

CHAPITRE XIX

Idées de jeunesse. — Sérieux de la vie

Le lendemain, le jeune peintre revint dans la modeste demeure du professeur Bronner, et cette visite fut suivie de beaucoup d'autres, ou plutôt il y vint tous les jours.

Il se sentait si à l'aise, au milieu de cette famille, qui l'accueillait avec tant d'affection !

On faisait ensemble de charmantes promenades, dans la vallée du Mein que le vieillard aimait particulièrement.

Il avait passé la plus grande partie de sa vie non loin de Wurzbourg, dans une petite ville, comme professeur d'un collège; et, pendant des années, il avait en vain désiré entrer à l'Université.

Ah! c'est que le bonheur n'avait pas déposé sur son berceau son bâton d'or; il appartenait à cette catégorie de mortels qui, avec le grand désir d'une richesse idéale, passent toute leur vie à combattre pour ne pas perdre pied et garder leur place au soleil.

Une triste réalité vint couper les ailes de son génie : le prosaïsme de l'existence le maintenait dans d'étroites limites, bien que ses études eussent été très sérieuses et couronnées de succès.

Après quelques années de bonheur, la mort était venue lui enlever sa femme, et il resta seul avec une petite fille de dix ans.

L'enfant était encore trop petite pour être son appui; il en fit sa compagne et l'initia peu à peu aux secrets de la science.

Elle apprenait avec passion, et, à la fin de ses études, elle passa de brillants examens.

Trouvant le foyer trop étroit, elle exprima le vœu de voir le monde; et, son père, toujours enfoui dans ses livres, consentit sans peine à la voir accepter une place de dame de compagnie chez une comtesse anglaise.

C'est ainsi que Dorothy Bronner apprit à connaître lady Flavie, en même temps que Percy Fairfax qui comptait alors dans la meilleure société, et dont les excentricités étaient regardées comme un agréable passe-temps.

Le monde aimait son enthousiasme pour Shakespeare, ses vives réparties et sa bonne humeur; la fille savante du professeur allemand fut bientôt attirée vers lui, et ils se décidèrent tous deux à se lier pour la vie.

Cependant, la famille Fairfax se montra fort mécontente de cette résolution, ainsi que la comtesse et son entourage.

On n'admettait pas cette nouvelle excentricité de Percy; on la taxait de folie impardonnable; mais, rien ne put faire changer ce projet.

Percy Fairfax épousa l'étrangère, sans fortune, qui choisissait son chemin sans demander conseil à personne. Dorothy aimait le grand monde; elle redoutait de retourner dans son pays pour habiter la modeste maison paternelle.

Hélas! elle ne prévoyait pas combien elle la regretterait plus tard!

Pendant quelque temps, le jeune couple vogua légèrement sur les flots de la vie; mais, un jour, un écueil se présenta sous la forme de sérieux soucis. Les ressources de Percy étaient épuisées; sa famille lui tourna le dos.

Bien que rempli de talents, celui-ci ne savait pas travailler avec constance. Il donnait des leçons de langues étrangères, mais il déclamait plutôt qu'il n'enseignait.

Sa femme tomba malade; la naissance d'une petite fille vint encore augmenter les difficultés du ménage. De plus, Percy ne pouvait rester en place; à chaque instant, il lui fallait changer de séjour.

Sans goût pour l'ordre et l'économie, il ne cherchait que des choses extraordinaires, et c'est ainsi qu'il s'enthousiasma pour le théâtre.

Avant que Dorothy ait pu comprendre comment cela s'était fait, Percy était engagé dans une troupe. Elle n'y pouvait rien changer, et pour attacher son mari à son foyer, elle trouva prudent de le suivre dans cette voie, malgré sa répugnance.

Son dévouement touchait souvent le cœur de Fairfax, et peu à peu elle sut prendre une grande influence sur lui.

Il avait rompu avec le passé et avec toute sa famille; il comprenait que sa position n'était pas digne de ses ancêtres.

Souvent, le découragement s'emparait de lui, mais Dorothy était l'invisible soutien qui l'empêchait de tomber dans l'abîme du désespoir.

Comme comédien, ou comme lecteur de Shakespeare, il avait essayé de gagner sa vie, toujours suivi de sa fidèle compagne.

Par amour pour elle, il se sépara enfin des saltimbanques, et passa en France où les difficultés de l'existence ne lui permirent pas de rester longtemps.

L'activité de Dorothy et de Dolly était pour lui un reproche continuel; et, comme il savait que sa femme désirait vivement revoir son père, il lui proposa d'aller en Allemagne où celui-ci s'était fixé.

Mais, Dorothée ne retrouva plus la maison paternelle.

Maître Bronner était devenu vieux, et plus distrait que jamais, il avait pris sa retraite.

Le plus grand désir de sa vie s'était réalisé; il se consacrait à la science; et, dans sa joie, il oubliait la misère de sa triste position.

Un jour, sa fille vint frapper à sa porte, le suppliant de l'accueillir sous son toit.

—Enfin, te voilà, Dorothée!

Ce fut tout son reproche.

Et, comme si elle n'avait été absente que pendant quelques mois, il la laissa tranquille maîtresse du logis.

Le gendre fut salué comme un hôte bienvenu : ses connaissances le mettaient à même de prendre part à toutes les discussions.

Mais, la petite Dolly fut pour le vieillard comme un rayon de soleil.

Son bonheur était de l'avoir à côté de lui. Avec elle, il oubliait le passé et le présent, et il pardonnait à sa fille dont les larmes attestaient le repentir.

La pension du professeur les mettait tous à l'abri du besoin, et Dorothée, par son économie et son activité, doublait cette somme, et entourait son vieux père de tendresse et d'affection.

Pendant plusieurs mois, Percy Fairfax se plia à cette existence si différente de celle qu'il avait eue jusque-là.

Néanmoins, il soupirait en secret vers cette vie libre et sans souci, et combinait un plan pour tenter de nouveau la fortune.

Un matin, Dorothée trouva sur sa table ces quelques lignes :

« Ne vous inquiétez pas de moi, mes bien-aimés! Je
» reviendrai vers vous dès que j'aurai atteint mon but; je
» veux me procurer les moyens nécessaires pour vivre
» d'une manière convenable à notre position. C'est l'Amé-
» rique qui m'attire, et les lectures publiques de Shakes-
» peare serviront à civiliser le peuple des Yankees, tout
» en remplissant ma bourse. Il faut bien que la fortune
» me favorise un jour. »

De temps à autre, il donnait de ses nouvelles, et ses lettres étaient pleines d'humour et de poésie, bien qu'il n'eût pas encore conquis les richesses sans lesquelles il avait juré de ne pas revenir.

Mais, toujours il était sur le point de faire fortune; et, ses dernières lettres faisaient miroiter des montagnes d'or, tant le succès lui semblait certain.

Peu à peu l'on n'entendit plus parler de lui, et sa pauvre femme dévora silencieusement son chagrin. Jamais elle ne se plaignait; et, en racontant son histoire à Clarence, elle ne fit entendre aucune récrimination.

Le jeune peintre, rempli d'admiration pour le dévouement ignoré de Madame Fairfax, s'irritait à la pensée que la famille anglaise de son mari reniait une fille de sa race, qui en était le plus bel ornement.

Dolly lui apparaissait comme la créature la plus parfaite que l'on pût rêver; et, bientôt il ne connut pas de plus grand plaisir que celui d'admirer avec elle et le vieux professeur, les beautés que la nature étalait autour de Wurzbourg.

Mais, un soir, il fallut bien se dire :

— Aujourd'hui, c'est la dernière promenade.

— Demain, à cette heure, je serai à Munich, dit Clarence.

Le front de Dolly trahit son émotion.

— Entends-tu, grand-père, continua-t-elle en se penchant vers le vieillard; Monsieur de Bracy va nous quitter demain.

— Il reviendra bientôt, reprit Monsieur Bronner.

— Certainement, je reviendrai! s'écria Clarence.

Et, saisissant la main de Dolly, il ajouta :

— Serez-vous contente si je reviens?

Elle ne répondit qu'en baissant timidement les yeux, et ce regard bouleversa Clarence.

Qu'allait-il faire, lui, dont les parents l'attendaient à Munich! Comme il oubliait Ricarda, dont il devait être le fiancé! Et, cependant, il n'avait pas un jour à perdre, sans se douter que les voyageurs avaient avancé leur arrivée.

Aussi, grand fut son étonnement quand, à Munich, le propriétaire lui dit que son oncle avait fait demander plusieurs fois déjà s'il n'était pas revenu.

Sans se donner la peine de faire sa toilette, il courut à l'hôtel où Vivien Carré l'accueillit cordialement.

Ricarda se tint sur la réserve et montra presque de l'indifférence. Il ne l'avait pas vue depuis trois ans, et elle lui parut plus belle qu'autrefois : ce n'était plus la jeune

fille sauvage de Lytonhall; elle avait l'air d'une lady très
distinguée.

— Carda! s'écria Clarence étonné, tu es devenue une
grande dame : voici ton vassal à tes pieds, et il désire
pouvoir te servir.

Ricarda sourit froidement.

— Nous avons déjà visité Munich, et notre temps est
mesuré. Mon père doit retourner bientôt à Wiesbaden.

— Mais, ma belle cousine, tu parles avec cruauté. Ne
me rends pas si vite le plus malheureux des mortels : je
ne soupçonnais pas que vous arriveriez si tôt.

— Oui, oui, interrompit M. Carré, c'est de ma faute.
Maintenant, tu es là : tout est bien. Nous resterons ici
encore quelques jours, et je suis sûr que Ricarda trouvera
bientôt cette ville agréable. Tu seras son cicerone : moi,
pauvre estropié, je suis un mauvais guide.

Ricarda n'eut aucune parole de bienveillance. Elle
déclara que la réputation de cette capitale était bien sur-
faite et qu'elle ne désirait pas y rester plus longtemps.

Bien que ces expressions fussent peu flatteuses, Clarence se promit de faire voir Munich sous son plus bel
aspect, en ayant soin de choisir les musées, les monu-
ments et les points de vue qui pouvaient satisfaire les exi-
gences de sa belle cousine.

En effet, quelques jours plus tard, ses efforts étaient
couronnés de succès. La glace était rompue, et Ricarda
retrouva sa bonne humeur.

Son père était heureux, car il ne désirait rien tant qu'une
entente cordiale entre sa fille et le jeune de Bracy.

Il voulait Clarence pour gendre, et celui-ci en était per-
suadé. Et, cependant, il hésitait.

Vivien en attribua la faute au caractère changeant de sa

fille; mais, le véritable motif était la rencontre faite sous les voûtes du dôme de Wurzbourg.

Il y avait tant de différence entre Ricarda et Dolly!

— Non, disait-il, la chose est trop sérieuse : il s'agit de notre bonheur à tous deux ; ne précipitons rien.

Vivien Carré dut se contenter de la promesse que Clarence viendrait les accompagner à leur retour en Angleterre, dès qu'ils auraient terminé leur cure à Wiesbaden.

Il gagnait ainsi quelques semaines.

Un jour, il trouva Dorothée seule à la maison (page 170)

CHAPITRE XX

La prudente mère Dorothée

Depuis le départ de Clarence, la petite maison, au bord du Mein, était devenue bien silencieuse, et ce calme pesait à tous, mais personne ne voulait l'avouer.

Chacun s'efforçait de maintenir la vie simple, interrompue par l'arrivée du jeune peintre, pour faire croire aux autres que rien n'était changé.

Mais, il n'en était pas ainsi. Dolly ressentait, dans son jeune cœur, un désir qu'elle ne connaissait pas autrefois et auquel elle ne pouvait donner aucun nom; mais, l'œil attentif de sa mère avait deviné ce qui agitait son âme.

Celle-ci remarquait, avec inquiétude, que sa fille ne chantait plus aussi gaiement qu'autrefois et qu'elle tombait dans la rêverie.

Aussi, Madame Fairfax s'appliqua-t-elle à la distraire en lui donnant tantôt une occupation, tantôt une autre; mais, dans les promenades qu'elle faisait avec son grand père, Dolly reprenait ses châteaux en Espagne.

Dorothée avait vu partir Clarence avec un certain plaisir; car, entre sa fille et lui, il y avait un monde... un monde de préjugés qu'elle connaissait bien.

La fille d'un vagabond ne pouvait jamais devenir la fiancée du fils de lady Flavie.

C'était la conviction de Madame Fairfax, et tous ses soins concoururent à empêcher Dolly de se laisser aller aux rêves de son imagination.

Ce fut donc avec une véritable joie que Dorothée constata l'énergie que la jeune fille mettait à remplir fidèlement ses devoirs et à vaincre les sentiments nouveaux qui s'élevaient dans son cœur.

Elle se croyait sûre de la victoire, pauvre mère!

Il y avait à peine un mois que Clarence avait pris congé de Wurzbourg, — et, dans une après-midi pluvieuse, il revenait surprendre la petite société.

Dolly, courbée sur son ouvrage, avait reconnu le pas léger qui s'approchait. Sa mère saisit l'éclair de joie qui brilla sur le front de son enfant, et ne sut que répondre quand Clarence se jeta dans ses bras, en s'écriant :

— Me voici!

— Ah! je le savais bien, dit le vieux savant.

— Je ne pouvais pas quitter le continent et passer à Wurzbourg sans vous revoir, reprit le jeune de Bracy.

L'annonce de son départ pour l'Angleterre fut pour la

joie silencieuse de Dolly comme une gelée blanche sur de jeunes fleurs.

Mais, Dorothée retint ces paroles qui lui rendaient la tranquillité.

— Vous êtes sur le point d'aller revoir votre pays? demanda-t-elle. C'est sans doute pour y rester?

— Probablement, dit Clarence; du moins, mon oncle Carré le désire. Mais, mes parents me laisseront ma liberté, et je ne sais pas encore quelle sera ma décision. Je veux voir d'abord comment l'on vit en Angleterre; je ne pourrai cependant jamais oublier ce beau pays bavarois.

Chacun de ces mots tombait profondément dans le cœur de Dolly.

Elle comprit soudain quelle barrière infranchissable s'élevait entre elle et le jeune peintre.

Son imagination fit apparaître la fière Ricarda; et, pour la première fois, elle pensa avec amertume qu'elle n'était que la fille d'un homme stigmatisé par le monde comme vagabond.

Cette pensée la rendit plus timide et plus réservée.

Mais, Clarence n'était pas disposé à en tenir compte : il voulait passer les jours aussi gaiement qu'auparavant, et il demanda même la faveur de faire le portrait de Dolly avec son grand'père, disant qu'il s'était réservé une semaine dans ce but et qu'il n'en perdrait pas une heure. Malgré son éloquence persuasive, Madame Fairfax ne se laissa pas convaincre. Mais, Clarence ne désespéra pas : il venait de trouver un nouvel allié.

Le vieux professeur, qui avait entendu cette vive conversation, déclara soudain, au grand étonnement de tous, qu'il voulait se faire peindre avec Dolly.

Sa fille céda par respect pour l'autorité paternelle, mais

Clarence avait atteint son but et les séances commencè-
rent le lendemain.

Hélas! elles se terminèrent plus tôt qu'il ne l'avait
pensé.

Un jour, il trouva Dorothée seule à la maison. Dolly,
obéissant à sa mère, était allée faire une promenade avec
le vieux professeur.

— Il faut prendre votre parti de ma société pendant
quelque temps, dit amicalement Madame Fairfax en rece-
vant le jeune homme qui parut désappointé.

— J'irai au-devant des promeneurs, répondit Clarence,
et il se mit à ranger sa palette et ses pinceaux.

— Monsieur de Bracy, reprit Dorothée en déposant sa
broderie, j'ai voulu cette heure de tranquillité pour vous
entretenir de ce que je regarde comme mon devoir. Je veux
vous parler en toute franchise et vous prier de ne pas diffé-
rer votre retour en Angleterre. Croyez-moi, en agissant
ainsi, vous ne ferez que ce que lady Flavie attend de son
fils.

Clarence resta muet de surprise; mais, lorsque son
regard rencontra celui de Dorothée, il comprit que celle-ci
avait raison.

Le prétexte, qu'il avait inventé pour voir Dolly chaque
jour, était une véritable folie et pouvait être un vrai malheur
pour la jeune fille, si elle devinait qu'il l'aimait.

Madame Fairfax venait de lui ouvrir les yeux. Et, cependant, il se sentait bien plus de sympathie pour Dolly que
pour Ricarda.

Mais, avait-il le choix? Ne sacrifiait-il pas une brillante existence en contrariant les vœux secrets de son
oncle et de son père? Pouvait-il conduire à ses parents,
comme sa fiancée, la fille d'un génie dévoyé et qui avait
grandi au milieu d'une troupe errante?

Cependant, d'un autre côté, Percy Fairfax appartenait à l'une des meilleures familles d'Angleterre; et, malgré ses excentricités, il avait, grâce à sa femme, donné à sa fille une éducation qui en faisait la personne la plus accomplie. Malgré sa pauvreté, Dolly était digne d'une belle alliance.

Que pouvaient lui faire les préjugés du monde, à lui, l'artiste par nature? pourquoi rechercher les richesses ou les brillantes relations? N'avait-il pas, dans son enfance, appris à estimer la force et l'énergie personnelles? N'avait-il pas été l'artisan de son propre bonheur? N'avait-il pas conquis par là les moyens nécessaires à l'existence?

Il gagnait suffisamment pour fonder une famille, et pouvait vivre heureux sans posséder Lytonhall.

Toutes ces pensées, qui traversaient son esprit comme des éclairs, soulevaient la poitrine du jeune homme, tandis que Dorothée, reprenant son travail, attendait l'effet de ses conseils.

Elle voyait bien le combat que Clarence se livrait à lui-même, mais elle comptait sur les sentiments généreux du jeune de Bracy.

Elle avait fait son devoir; c'était à lui à faire le sien.

Clarence s'était levé pour s'accouder à la fenêtre.

Au-dehors, les rayons du soleil doraient les flots du Mein, qui s'écoulaient limpides; mais, le peintre était insensible aux beautés du paysage : une seule question l'agitait.

— Devait-il partir?

Tout à coup, il se rapprocha de Dorothée.

— Ma bonne dame Fairfax, dit-il avec un sourire malin, voulez-vous donc abréger nos jours de joie? Le bonheur d'une affection mutuelle est-il donc un rêve insensé?

Dorothée pâlit :

— Vous ne voulez cependant pas dire…?

— Si! je veux dire que j'aime sincèrement Dolly.

— Oh! alors, votre départ devient d'autant plus nécessaire. Je vous en prie, je vous en conjure, Clarence, ne
laissez rien deviner à ma fille : n'éveillez pas en elle l'espoir
d'un bonheur qu'elle n'aura jamais. Elle ne peut pas être
votre femme.

— Et pourquoi?

— Pensez à vos parents, Monsieur de Bracy.

— J'y pense, et je connais leurs nobles et généreux
sentiments : ils ne jugeront pas la fille d'après les folies du
père. Du reste, malgré tous ses préjugés, le monde ne
peut pas nier les droits de la fille de Percy Fairfax.
Vous l'avez élevée d'une manière admirable et aussi
bien, peut-être mieux même que dans un milieu plus
brillant.

Madame Dorothée avait caché sa figure dans ses mains :
de grosses larmes coulaient entre ses doigts.

Clarence ne comprenait rien à cette douleur : il n'avait
rien dit qui pût alarmer le cœur d'une mère.

Mais, Madame Fairfax ne paraissait rien moins que
rassurée, et ses yeux trahissaient la plus grande inquiétude.

— Chassez toutes ces pensées, Clarence de Bracy,
reprit-elle avec énergie. Vous vous rendrez malheureux et
Dolly avec vous. L'enfant d'un vagabond ne peut pas être
votre fiancée.

— Et je ferai, cependant, tout ce qui dépendra de moi
pour atteindre ce but, si je peux gagner son affection.
Mais, je ne vous comprends pas bien, Madame. Vous
appelez votre mari un vagabond, vous qui l'aimez si tendrement.

— Non, non, je ne parlais pas de mon pauvre Percy.

— O mon Dieu, ajouta-t-elle bientôt, pourquoi ne croyez-vous pas simplement à mes paroles? pourquoi me forcez-vous à dire le secret que je voulais garder?

— Eh bien! soit, reprit-elle plus calme. Je vois qu'il faut vous dire toute la vérité. Mais, sachez bien que Dolly n'en connaît que la moitié et que mon père ignore tout. J'attends donc de vous, comme d'un homme d'honneur, que vous garderez le silence sur ce que je vais vous révéler.

Elle hésita encore un instant.

— Oui, je dois parler, continua-t-elle résolue; je dois parler avant que vous ne demandiez la main de Dolly : je ne veux pas prendre la responsabilité d'une déception.

— Sachez donc! exclama-t-elle dans un sanglot, que Dolly n'est pas notre fille : c'est l'enfant d'un véritable vagabond qui a été déporté comme criminel.

A ces mots, Clarence devint livide : tout tournait autour de lui, et il ne put dire une parole.

— C'est une amère vérité que je vous dis, continua Dorothée. Ecoutez maintenant cette triste histoire, elle sera courte :

« C'était la cinquième année de notre mariage : nous revenions d'Ecosse où notre petite fille venait de rendre le dernier soupir, et j'étais dans une profonde tristesse, dévorée de chagrin et de nostalgie. Un soir, Percy m'apporta la petite Dolly : c'était alors une chétive créature.

» Prends ce pauvre être abandonné, me dit-il; sois bonne pour lui, nous la garderons pour remplacer notre enfant. On a surpris son père dans un tripot et on l'a arrêté. Cela s'est passé très vite, et je lui ai promis de prendre soin de son enfant. J'ai pensé que ce serait une distraction pour te faire oublier ton chagrin.

» J'eus pitié de cette pauvre abandonnée ; sa mère était morte de misère, et son père, un chevalier d'industrie que nous rencontrions sur toutes les foires, avait été l'ami de Percy. Je le connaissais très peu, mais j'avais été frappée de la tendresse dont il entourait son enfant.

» Celle-ci pouvait à peine parler. Nous l'appelâmes Dolly en souvenir de notre fille, et elle apprit à nous considérer comme ses parents.

» Souvent, je tremblais à la pensée que son père pourrait nous la redemander un jour, mais cette crainte n'était pas fondée.

» Fairfax m'apprit plus tard qu'il avait été condamné comme faux monnayeur et transporté en Australie. Peut-être y est-il mort ; nous n'en avons plus entendu parler, et Percy évita tout ce qui pouvait le lui rappeler. Il avait honte de l'avoir connu, mais il tint fidèlement sa parole et fut un bon père pour la petite.

» Je pris soin de son éducation, et j'en suis bien récompensée. Dolly a été une bénédiction pour nous ; elle fait ma joie et celle de mon vieux père.

» Comprenez-vous maintenant mon inquiétude, M. de Bracy ? J'ai vu naître entre vous et Dolly une inclination à laquelle vous devez renoncer tous deux, car je savais que vous ne pouviez rechercher la main de la fille d'un déporté.

» Je me suis demandé longtemps quel était mon devoir. Devais-je vous dire la vérité à Dolly ou à vous ? j'ai préféré le dernier parti, et vous conjure de me laisser la possibilité de maintenir Dolly dans une heureuse ignorance.

» Ici, dans notre vie simple et retirée, rien ne me force à dissiper ses doutes, mais en Angleterre...

» Vous savez combien la famille Fairfax a été peu généreuse pour moi : Dolly n'en fait pas partie et ne peut por-

ter son nom. Elle ne peut donc lui être présentée comme
telle : ce serait une nouvelle tromperie.

» Non, cela ne peut pas être. Faites donc votre devoir
d'honnête homme envers ma protégée. Partez avant que
Dolly ne comprenne que vous l'aimez.

» Maintenant qu'elle est encore incertaine de ses propres sentiments, elle surmontera plus facilement la douleur que lui causera votre départ. »

Clarence s'était laissé tomber sur une chaise. Chaque
mot prononcé par Madame Fairfax lui brisait le cœur.

En ce moment, où il perdait Dolly, Clarence comprit
combien il l'aimait.

Et, cependant, il ne pouvait pas introduire dans sa
famille, la fille d'un faussaire et d'un déporté qui pouvait
reparaître un jour et se présenter comme beau-père.

Madame Fairfax le regardait avec compassion, tandis
qu'il se levait pour s'approcher d'elle, comme s'il venait
d'entendre sa sentence de mort.

— Je vous remercie, Madame, lui dit-il en lui baisant
respectueusement la main. Votre confiance ne sera pas
déçue. Donnez-moi un peu de temps pour réfléchir à ce
que vous m'avez dit.

Il sortit précipitamment en laissant la pauvre femme
en pleurs.

Elle avait détruit, de sa propre main, le bonheur qui
souriait à Dolly.

Mais, ne valait-il pas mieux la faire souffrir un instant
plus tôt que de l'exposer aux déceptions et aux humilia-
tions de l'avenir.

Néanmoins, elle ressentit vivement la tristesse qui se
peignit sur le visage de la jeune fille, lorsque celle-ci, au
retour de la promenade, ne trouva pas Clarence auprès de
sa mère.

Le vieux professeur, lui-même, en témoigna son mécontentement.

— Mais, mon père, dit Dorothée, Monsieur de Bracy ne peut pas exiger que nous négligions nos occupations à cause de lui. Il sait bien que nous ne sommes pas des richards comme son oncle et sa cousine. Il n'est qu'un hôte passager, et nous n'avons aucun droit à ses visites. Du reste, il est venu ici un instant, et, après une courte conversation, il est reparti.

Dolly ne dit rien; depuis longtemps, elle avait appris à se vaincre; et, en voyant que sa mère avait pleuré, elle chercha à l'égayer et à lui faire oublier ses peines.

Mais, dès qu'elle se retrouva le soir dans sa petite chambre, elle se sentit envahie par la tristesse et agitée de sombres pressentiments qui chassèrent le sommeil, ce doux consolateur de la jeunesse.

Clarence, de son côté, n'avait pu goûter de repos.

En rentrant à l'hôtel, le jeune homme avait fait sa malle dans une agitation fiévreuse; et, assis près de la fenêtre, il fixait le ciel noir sans prendre une résolution généreuse.

Et, néanmoins, il ne lui restait qu'à partir, s'il ne voulait pas troubler la paix de la jeune fille.

Lorsqu'il revint le lendemain dans la petite maison au bord du Mein, ses traits pâlis trahissaient les souffrances qu'il avait endurées.

— Oh! vous êtes malade, s'écria Dolly en le saluant.

— Non, miss Dolly; mais, je n'ai pu dormir. Hier, j'ai reçu une lettre qui me force à partir tout de suite.

Dolly fut consternée.

— Il doit partir pour rejoindre l'héritière de Lytonhall : telle fut sa première pensée.

Ses yeux se voilèrent, et elle fit un effort pour répondre :

— Vous allez nous quitter? quand donc?

— Aujourd'hui même miss Dolly. Hélas! je ne puis terminer le portrait commencé. Je dois me contenter de l'esquisse que j'ai pu faire et du souvenir des beaux jours passés ici et qui ne reviendront plus. La joie a été trop courte!

Il s'arrêta; et, détournant ses yeux de ceux de la jeune fille, il alla vers Madame Fairfax qui reçut ses adieux avec satisfaction; car, malgré la douleur qu'elle en éprouvait, elle sentait de plus en plus que la séparation était indispensable.

Elle n'avait pas attendu moins de la loyauté de l'honnête Clarence.

— Ah ! soupirait-il, la vie est remplie de désenchantements (page 181)

CHAPITRE XXI

La vieille patrie

De l'autre côté du détroit, la vieille abbaye attendait le retour de ses habitants.

Lytonhall se réveillait de sa longue torpeur.

Des mains empressées avaient mis tout en œuvre pour donner aux appartements déserts un aspect gracieux, et l'on aurait cru que les maîtres ne l'avaient quitté que pendant quelques semaines, tandis que bien des années s'étaient écoulées depuis leur départ.

Au milieu de la chambre destinée à la jeune châte-

laine, se tenait une femme aux yeux noirs : c'était Mercédès. Les années avaient laissé leurs traces sur son
visage. L'expression n'en était pas adoucie; au contraire,
ses traits étaient devenus plus durs et plus sévères, et les
plis qui pinçaient sa bouche révélaient ses soucis et son
mécontentement.

L'Espagnole avait bien toujours quelque chose
d'étrange, mais son extérieur annonçait l'épouse indépen-
dante de M. Merlitt.

Elle était vêtue avec élégance, et jetait un dernier coup
d'œil sur la disposition des meubles dans l'appartement.
On eût dit qu'elle avait le droit de tout critiquer et de
commander partout.

Une soubrette l'attendait à la porte et lui fit une profonde
révérence.

— Ne néglige rien, Betsy, dit Mercédès; j'ai des yeux
perçants, et je viendrai voir chaque jour si tout est en
ordre.

Et, chaque jour, elle venait apporter des fleurs fraîches,
parce qu'elle voulait que le regard de Ricarda fût favora-
blement impressionné, si celle-ci arrivait à l'improviste.

Elle savait que Monsieur Carré aimait ces surprises; et,
depuis qu'il avait donné les ordres de préparer Lytonhall,
on pouvait l'attendre chaque jour.

La vieille Margaret, au contraire, ne témoignait pas la
moindre impatience. Son dévouement pour Vivien avait
déjà connu trop de déceptions pour ne pas agir avec
beaucoup de prudence.

Elle passait tranquillement ses dernières années dans
la vieille abbaye. La chambrette de la vieille intendante de
Lytonhall était devenue son royaume, où elle faisait revivre les évènements du passé.

Elle ne s'intéressait plus guère qu'à Fred Merlitt que

l'on plaignait partout à cause du caractère hautain de sa femme.

— Je te l'ai dit souvent, lui répétait-elle en lui versant sa liqueur favorite quand il venait pour affaires : tu t'es préparé des verges et tu es bien puni.

— Ah! si l'on savait tout d'avance, soupirait-il! La vie est remplie de désenchantements; et, je ne suis pas le seul à l'éprouver.

Il parlait par expérience. L'accomplissement de ses désirs ne lui avait pas apporté le bonheur.

Mercédès semblait ne pouvoir oublier la fille qu'elle avait perdue en Espagne.

La vue de petits enfants suffisait à la mettre dans un état nerveux indescriptible. Sa mauvaise humeur était à l'état permanent, surtout depuis que les années se passaient sans ramener en Angleterre Vivien Carré et la fougueuse Ricarda.

Ce que l'on ne pouvait méconnaître, c'était son affection passionnée pour l'orpheline qu'elle avait nourrie de son lait. Elle désirait la revoir et pouvait à peine attendre son retour.

Chaque fois que le châtelain différait son voyage, elle était hors d'elle-même, et tout son entourage avait à en souffrir.

Un jour, elle avait formé le plan d'aller retrouver Ricarda et son père en Allemagne; mais, Vivien montrait de loin plus d'énergie qu'en sa présence, et il sut mettre ce projet à néant, parce qu'il voulait détacher sa fille de la tutelle de l'Espagnole.

Malgré toute sa finesse, Mercédès ne semblait pas penser que sa position de subordonnée pût être une barrière entre elle et sa protégée; et, depuis qu'elle était devenue Madame Merlitt, elle se regardait comme une lady qui pouvait être partout reçue.

Elle méprisait les domestiques, et feignait de ne pas connaître la vieille Marguerite. Jamais elle n'entrait dans sa chambre ; et, quand c'était nécessaire, elle lui envoyait, avec l'arrogance d'une parvenue, les ordres que Vivien donnait à son mari.

Mais, mère Meg était du nombre des prudents que l'erreur amène à la vérité ; ses amères expériences l'avaient rendue sage.

Sa grande consolation était de recevoir dans la demeure de son oncle les visites de Miss Amy de Bracy qui, sous la tendre direction de sa mère, était devenue une aimable jeune fille.

Par ses manières simples et distinguées, elle avait su gagner les cœurs de toutes les personnes qui la voyaient.

Ce n'était pas une beauté, et elle n'avait pas l'air imposant de lady Flavie, mais elle avait une grâce naturelle et une gaieté qui épanouissaient le cœur.

Aussi, tout le monde l'aimait, et les pauvres ne l'appelaient que l'ange de Lyton.

Personne ne s'associait à ces louanges avec plus d'ardeur que Margaret.

— C'est une enfant de bonne souche, disait-elle, une véritable Lyton, comme sa mère !

Car, Madame Meg avait fini par apprécier lady Flavie.

Amy, de son côté, avait cultivé fidèlement l'amitié conclue pendant son enfance à la vieille abbaye. Elle se dirigeait souvent vers Lytonhall, et jamais elle n'oubliait d'aller saluer la bonne vieille dans sa solitude, et de l'intéresser par sa conversation.

— Je crois vraiment qu'un bon génie revient avec elle

dans cette ancienne demeure, se disait mère Meg, après
chaque visite ! Tout à fait le portrait d'Amy Lyton ! Puisse-
t-elle être plus heureuse que sa pauvre cousine ! Je voudrais qu'elle devînt l'héritière de Lytonhall, au lieu de
cette Espagnole hautaine qui arrive on ne sait d'où, et
dont nous n'avons jamais vu la mère.

Les dix dernières années avaient apporté peu de changement au cottage.

Le colonel était toujours le même, s'emportant quelquefois, répandant la gaieté autour de lui, la tête remplie
de plans et de belles idées.

Lorsque Clarence lui fit le récit de la visite de Vivien
Carré et de Ricarda à Munich, M. de Bracy était dans une
excitation joyeuse et cherchait tous les moyens pour rendre à sa fille l'existence agréable.

Un jour, en revenant d'une promenade avec Amy qui,
sous la direction d'un si bon cavalier, était devenue une
amazone distinguée, il dit à sa femme à brûle-pourpoint :

— Milady, ma chère femme, j'ai envie d'aller à Hyde-
Park avec ma fille, et de lui montrer le monde élégant qui
s'y rassemble. Nous avons vécu assez longtemps avec
elle dans cet ermitage agréable : elle va avoir dix-sept
ans, et elle n'a pas encore vu Londres. C'est une lacune
dans son éducation.

— L'éducation de notre enfant n'a rien a envié à celles
des autres jeunes filles de son âge et de sa condition.

— Quand sa cousine reviendra de ses nombreux voyages, reprit vivement M. de Bracy, Amy aura l'air d'une
ignorante. Mais, avec toute sa modestie, elle monte
admirablement à cheval, et c'est un plaisir de la voir trot-
ter et galoper. Elle peut certainement tenir tête au meil-

leur cavalier, et Hyde Park s'étonnera de voir au vieux de Bracy une fille si accomplie.

— Prends garde, mon ami, tu vas inspirer de l'orgueil à ta fille.

— Cette année, reprit le colonel avec obstination, je n'irai pas à Londres sans ma femme et ma fille. Qu'en dit lady Flavie?

Celle-ci regarda Amy, dont le visage rayonnait de joie et sourit.

— Voudrais-tu voir Londres, mon enfant?

— Oh! volontiers, maman. Pense donc! aller à cheval à Hyde-Park! Papa m'en a raconté des choses ravissantes. Il dit que c'est magnifique : je me croirai transportée dans un autre monde. Ce sera une véritable fête pour moi.

— Eh bien! puisque papa veut te faire ce plaisir, tu l'auras; j'aurais mauvaise grâce à t'en priver. Je suis donc de ton avis, Lionel, malgré mes observations. Nous partirons pour Londres aussitôt que tes affaires t'y appelleront.

— Tu es la perle des femmes, dit le colonel; toujours disposée à faire plaisir aux siens. Je crois seulement, après toutes les réflexions que ta suggérés mon projet, que tu ne fasses un sacrifice à cause de nous, car tu n'aimes pas le séjour de Londres et ta santé...

— Si cela devait durer, sans doute, mais il ne s'agit que d'un séjour peu prolongé pendant la saison : ce ne sera qu'un petit voyage pour permettre à notre chère enfant de jeter un regard sur le monde. Tu n'iras donc pas seul, et à dater d'aujourd'hui, le voyage de Londres peut être considéré comme résolu.

On s'occupa aussitôt des préparatifs; et, quelques jours

après, on s'installait à Londres, en laissant le cottage à la surveillance des domestiques.

En même temps arrivait, à Lytonhall, l'annonce du retour de M. Carré.

Mercédès en fut transporté; et, dans sa joie, elle s'écriait :

— Mon temps est enfin venu. Je vais revoir Ricarda et je serai son premier soutien.

Elle était si ferme en selle que son père l'admirait avec fierté (page 189)

CHAPITRE XXII

Un coin du hig-life

C'était un des beaux jours de juillet.

Les équipages les plus élégants se succédaient à travers les allées ombreuses de Hyde-Park.

Dans une des calèches était assise une dame d'un âge avancé, qu'accompagnait lady Flavie.

Celle-ci, sans être étonnée de l'agitation qui régnait autour d'elle et qu'elle avait connue vingt-cinq ans auparavant, faisait cette promenade avec un visible intérêt, avec cette satisfaction qui rajeunit les mères dont les enfants font revivre pour elles le temps de leur jeunesse.

Madame de Bracy regardait avec attention les différents groupes de cavaliers et d'amazones qui passaient devant elle, mais elle n'avait encore vu ni son mari ni sa fille.

Par contre, elle retrouvait une foule d'anciennes connaissances. Son amie, lady Charlton, donnait toujours le ton à la bonne société, et de nombreux amis l'entouraient de leurs hommages.

— N'est-ce pas à lord Fairfax Arlington que vous avez souri tout à l'heure! demanda-t-elle surprise de voir un vieillard conduire une paire de magnifiques pur sang.

— Mais oui, répondit lady Charlton. C'est encore un bel homme. Son fils est très insignifiant.

— A-t-il plusieurs enfants?

— Il a encore des filles : son cadet est mort l'an dernier.

— Et Percy Fairfax? n'en savez-vous rien?

Une ombre glissa sur la figure de l'Anglaise.

— Vous voulez parler de cette tête fêlée? Non, depuis que ses extravagances ont forcé la société à le répudier, il a disparu. Mais, il me semble me souvenir qu'il est mort à Paris, il y a quelques années.

— Sa famille l'avait donc tout à fait abandonné?

— Naturellement, ma chère. Que pouvait-elle faire de mieux, après son mariage avec la dame de compagnie, ajouta-t-elle en bâillant légèrement derrière son éventail.

— Nous étions alors aux Indes, où j'ai appris qu'il avait épousé Mademoiselle Bronner. Mais, je suppose que lord Arlington a pris soin de la pauvre veuve. N'en avez-vous pas entendu parler?

— Jamais! répondit lady Charlton d'un ton d'ennui.

Flavie comprit que ce sujet n'était pas du goût de sa compagne, et elle changea de conversation, malgré son désir d'apprendre le sort de celle qu'elle avait retrouvée par hasard dans d'étranges circonstances.

Pendant ce temps, sa fille Amy parcourait à cheval, avec le colonel, les plus belles et les plus silencieuses parties du parc.

Elle était joyeuse comme une alouette; et, volontiers, elle eût chanté de plaisir à la vue de tout ce qu'elle rencontrait.

Au milieu de cette luxuriante verdure, entourée de beaux vieux arbres, elle sentait son cœur heureux.

La brillante houle humaine, dont on se rapprochait insensiblement, l'amusait beaucoup et ne la troublait pas du tout.

Elle regardait d'un œil curieux le mouvement qui se propageait autour d'elle, mais la jeune écuyère était aussi à l'aise sur ce terrain inaccoutumé que dans les prairies paternelles.

Elle dirigeait si gracieusement sa monture à travers les groupes des allées; elle était si ferme en selle que son père l'admirait avec fierté.

Par prudence, il avait commencé sa promenade de bonne heure et choisi les chemins un peu solitaires; peu à peu, on se rapprocha de la société et, bientôt, le colonel retrouva d'anciens camarades.

Ceux-ci, heureux de le revoir, lui souhaitaient la bienvenue et se faisaient présenter à Miss Amy.

En peu de temps, le père et la fille furent entourés d'un groupe nombreux, et la conversation devint très animée.

Tout en cheminant, l'on rencontra la voiture de lady Charlton qui ne put retenir un cri de satisfaction en voyant l'air distingué et l'élégance d'Amy.

Celle-ci fut bientôt l'objet de la curiosité et de l'admiration.

— Quelle est cette jeune dame? demanda un cavalier à l'un de ses voisins.

— Sans doute, la fille du colonel qui l'accompagne, à droite : on m'a dit qu'il était ici avec sa famille.

— Le colonel de Bracy? ce vieux monsieur à la figure joviale et à barbe grise?

— Lui-même.

— N'est-il pas Français? N'a-t-il pas épousé une Anglaise, lady Lyton?

— Mais oui. N'avez-vous pas vu sa femme dans la calèche qu'escortait la cavalcade?

— La famille de Bracy n'a-t-elle pas habité Londres?

— Non; autant que j'en sais, le colonel habite près de Lytonhall : il n'est ici qu'en passant.

— Alors, cela se trouve bien : je puis aller lui présenter mes hommages.

— Ah! le connaissez-vous?

— Non, dit l'étranger; mais, il est de mes parents. Je ne veux pas tarder plus longtemps à aller le retrouver.

La voiture des dames courait au trot dans les rues de Londres, pour s'arrêter devant l'hôtel de lady Charlton.

Madame de Bracy, restée seule, s'enfonçait dans les coussins de la calèche, quand elle passa devant un personnage d'une maigreur effrayante qui la fixait avec la plus grande attention. Surprise, elle se pencha en avant.

— Percy Fairfax! murmura-t-elle involontairement. C'est bien lui; je ne me trompe pas, bien que lady Charlton croie qu'il est mort. Pauvre Dorothée! qu'a-t-elle pu devenir avec sa chère enfant?

Le lendemain, jour de réception, on annonça au colonel : Charles Théodore, baron de Steinecken.

Monsieur de Bracy sursauta sur sa chaise. Ses traits dénotèrent une agréable surprise, et il se précipita au salon où l'attendait un beau jeune homme.

— Baron de Bracy, dit celui-ci en s'inclinant, si malheu-

reusement je ne puis vous apporter les salutations de mes
chers parents, je me permets cependant de me présenter à
vous comme le fils de Sophie de Bracy.

— O fils de ma chère Sophie! soyez le bienvenu, ou
mieux, viens, mon cher neveu, viens, que ton vieil oncle te
serre dans ses bras! s'écria le colonel.

Et, il le tint longtemps embrassé; puis, il contempla ce
visage où se peignait une certaine fierté unie à l'insouciance de la jeunesse.

— Vraiment, tu me rappelles ta bonne mère, ma chère
cousine. Tu dois avoir bien des choses à nous raconter.
Mais, viens d'abord te présenter à lady Flavie : entre
parents, nous ne ferons point de cérémonie, et l'on n'a
pas besoin de t'annoncer.

En disant ces mots, le colonel ouvrit la porte de l'appartement de sa femme, mais Milady ne s'y trouvait pas.

Amy était seule, travaillant à un dessin, et sa surprise
fut grande en voyant son père entrer bras dessus bras
dessous avec le jeune homme dont elle avait, la veille,
attiré l'attention à Hyde-Park.

C'est peut-être ce qui la fit rougir en le reconnaissant.

— Venez, mes enfants, s'écria le colonel, donnez-vous
la main. Tu vois ici, ma chérie, dans le baron Steinecken,
le cousin d'Allemagne dont je vous ai si souvent parlé.

Le colonel disait la vérité.

Sophie de Bracy était sa cousine germaine, mais le
sort les avait séparés de bonne heure.

A peu près vers l'époque où M. de Bracy suivait
Charles X en Angleterre, Sophie avait épousé un diplomate
allemand, qui s'était retiré plus tard dans ses terres de
Silésie. Depuis lors, étant parti pour les Indes, le colonel
en avait entendu très peu parler, et il avait reçu la nouvelle
de sa mort six ans avant l'arrivée du baron Steinecken.

Aussi, était-il heureux que celui-ci ait demandé à le voir, et il ne savait que faire pour témoigner sa joie à son jeune hôte.

Lady Flavie l'accueillit avec son amabilité ordinaire, tout en observant une certaine réserve vis-à-vis de l'étranger; mais, le colonel fut plus démonstratif, et insista pour que le baron vînt les voir au cottage.

Théodore de Steinecken y consentit volontiers : il savait apprécier le bonheur de rencontrer d'aussi aimables parents et une aussi ravissante cousine.

Amy eut bientôt surmonté l'embarras d'une première surprise.

Elle écoutait, avec une naïve curiosité, les récits que son cousin faisait d'une manière fort agréable; et, ce qui lui plut davantage, c'est qu'il parlait de ses parents défunts avec une tendre affection.

Il dépeignait leur vie heureuse au foyer domestique, les soins qu'ils prenaient de leur domaine, maintenant si triste et si désert, depuis la mort de son père qui n'avait survécu que quatre ans à son épouse.

Aussi, le château de Steinecken avait-il peu d'attraits pour lui, et il préférait parcourir le monde comme son frère Fidélis.

— Ce petit vagabond, disait-il, se trouve maintenant en Ecosse chez son frère lord Saint-Eval, où je suis invité à la chasse au coq de bruyère. C'est ce qui m'a décidé à traverser le Pas-de-Calais. Je désire revoir mon frère avant qu'il ne mette à exécution sa singulière idée.

— Ah! reprit-il après une pause, Charles Fidélis est un drôle de corps. Voyager dans l'univers entier, c'est là tout son plaisir, et il veut aller à Calcutta dans le yacht de son Pylade lord Saint-Eval. Il faut que je le voie avant cette escapade.

— Ah! c'est très bien, mon neveu, d'avoir un soin si paternel pour ce jeune étourdi. Mais, crois-moi, laisse-le à sa soif de science et à son amour des voyages : on n'est jeune qu'une fois, et il lui faut bien un peu de liberté comme compensation des prérogatives de son frère aîné.

Une rougeur fugitive colora le front du jeune baron qui fut un instant un peu embarrassé, mais bientôt il reprit avec assurance :

— Mais, mon cher oncle, est-ce que je parais déjà si vieux que vous m'ayez reconnu de suite pour l'aîné?

— Je n'ai pas voulu dire cela, reprit le colonel confus à son tour. Tu ne parais pas vieux du tout. Je t'ai reconnu pour l'aîné au ton paternel dont tu as parlé du petit vagabond.

— On connaît cela : les aînés aiment à jouer le rôle de papa, ajouta Monsieur de Bracy en souriant.

— On y arrive, hélas! quand les jeunes vous donnent des soucis. Mon frère est un charmant jeune homme, mais un vrai cerveau brûlé.

— Paie donc tranquillement ses dettes, dit le colonel en frappant sur l'épaule de son neveu. Vous autres, Stei-necken, vous êtes riches comme Crésus; et, comme je l'ai dit, un aîné a le devoir de ne pas lésiner avec les cadets.

— Est-ce ton avis, sérieusement? demanda le baron en fixant le colonel. Cela me fait plaisir, car c'est ce que je pensais. L'argent a une forme ronde, c'est pour rouler. Noblesse oblige. Je suis certainement le dernier à blâmer mon frère de profiter de sa jeunesse pour parcourir le monde. Moi-même, je meurs d'ennui dans mon château féodal au milieu de tous les tracas qu'exige son adminis-tration.

— C'est bien la jeunesse qui parle par ta bouche. Aie patience : avec les années tu deviendras comme ton père,

13

et la maison paternelle aura des attraits irrésistibles.

— J'en suis bien convaincu, mon oncle, reprit le baron en jetant sur Amy un regard dérobé. Mais, en attendant, je me plais en Angleterre, et je regrette d'avoir si peu de temps avant mon départ pour l'Ecosse.

— Mais, tu ne peux pas faire ce voyage avant d'être venu à Lyton. Tu verras comme nous vivons tranquillement dans notre modeste cottage. N'est-ce pas, Flavie, qu'il le faut?

— J'espère, dit celle-ci prudemment, que les parents de mon mari sont persuadés qu'ils seront toujours les bienvenus chez nous.

Lorsque les de Bracy quittèrent Londres, Théodore de Steinecken se déclara prêt à les accompagner.

La vie journalière du cottage devint alors aussi gaie que lorsque Clarence rentrait du collège, et la nouvelle de son prochain retour porta la joie à son comble.

Lady Flavie oublia même insensiblement la mauvaise impression que le baron lui avait faite.

La conduite de celui-ci, sa bonne humeur constante exercèrent sur elle une telle influence qu'elle n'eût plus aucune préoccupation.

Ses pensées se tournaient vers son fils, dont les succès la rendaient justement fière. Elle attendait avec la curiosité d'une mère le moment qui ramènerait Ricarda à Lyton : les lettres de Clarence étaient trop laconiques pour qu'elle pût se former un jugement sur la jeune fille.

— Il faut la voir, disait-il ; on ne peut la décrire.

Le colonel vit dans ces paroles un signe favorable.

— Il en est épris, répétait-il. Ce songe creux est comme tous les artistes : il rêvasse et craint de trahir son secret.

— Eh bien! observa Flavie, n'en disons pas un mot : c'est plus prudent.

Et, le colonel eut assez d'empire sur lui-même pour ne pas parler de l'héritière de Lytonhall ni du châtelain.

D'ailleurs, Théodore de Steinecken avait d'autres occupations. Il admirait de plus en plus la jeune Amy, l'entourait de ses hommages, et lui racontait d'anciennes histoires de chevalerie, des légendes allemandes qu'elle écoutait avec ravissement en chevauchant dans la belle campagne ou en se promenant à l'ombre du parc.

Après son retour de Londres, Amy avait trouvé Lyton plus beau et plus agréable encore.

La jeune fille était heureuse de goûter le calme de la solitude après le tourbillon de la grande ville, et elle se plaisait à visiter la vieille abbaye et mère Meg.

Le baron Théodore l'accompagna un jour; et, grâce à la présentation d'Amy, il reçut un accueil cordial.

L'ancien factotum fit voir aux jeunes gens toutes les merveilles du château et les conduisit aussi dans la tour de l'abbesse où Vivien Carré avait eu autrefois un songe si extraordinaire.

Toutes les tentures étaient neuves; on avait rafraîchi les tapis et l'on eût dit que cet appartement était habité.

Ce qui frappa surtout la jeune fille, ce fut le bouquet de roses posé sur la table.

— Attends-tu bientôt Ricarda? demanda-t-elle en aspirant le parfum des fleurs.

Mère Meg haussa les épaules de pitié.

— Ce n'est pas moi, c'est Mercédès qui se charge de ce soin. Je crois qu'elle en perdra la tête, si son idole n'arrive pas bientôt : elle en prend le chemin. Je ne m'occupe que de tenir la maison en ordre; les maîtres peuvent arriver quand ils voudront, je suis prête à les recevoir.

Tandis qu'elle parlait avec Amy et que le baron jouissait de la vue de la contrée, Mercédès vint à l'abbaye, et ren—

contra la jeune fille et son compagnon à l'entrée du parc.

Théodore de Steinecken salua galamment, et Amy allait dire une parole aimable, quand elle fut arrêtée par le regard sombre que lançaient les yeux de Madame Merlitt.

— Elle est réellement malade et de mauvaise humeur, la pauvre femme, dit-elle à voix basse, et le baron reprit :

— Quelle est cette dame au costume si brillant?

— C'est une Espagnole, l'ancienne bonne de Ricarda Carré.

Steinecken écoutait de toutes ses oreilles, et les renseignements que lui donnait Amy paraissaient exciter tout son intérêt.

— Ah! dit-il alors, Miss Carré est une étrangère? elle n'est pas Anglaise?

— Pardon. Il est vrai qu'elle est née en Espagne et qu'elle a été élevée sur le continent; mais, Lytonhall est son pays.

— Il ne le sera sans doute pas longtemps, reprit Steinecken; d'après ce que nous a dit l'intendante, Monsieur Carré doit être d'une faible santé et arrivera difficilement à une grande vieillesse. Ce sera votre frère Clarence qui deviendra le châtelain de Lytonhall.

— Clarence! s'écria Amy surprise. Oh non! vous vous trompez : l'héritière est Ricarda.

— Comment cela? Votre frère, comme fils de lady Flavie, est le plus proche parent. Ou bien, l'abbaye n'est-elle pas un majorat?

— Non, c'est une propriété libre achetée par un de mes oncles. Nos ancêtres n'étaient que fermiers de l'abbaye.

La jeune Amy, qui savait apprécier l'activité et le travail, fit tout naïvement cet aveu à l'aristocrate allemand.

Steinecken réfléchit quelque temps et se retourna vers Lytonhall.

Mercédès était encore sous le portail, suivant des yeux les visiteurs.

— C'est une étrange apparition que cette femme, dit involontairement le baron. Elle semble la mauvaise conscience personnifiée, — ou le mauvais génie du vieux bâtiment.

— On dirait que vous avez été à l'école de mère Margaret, riposta la jeune fille. Laissez donc Mercédès en paix, je vous en prie : elle aime si passionnément Ricarda qu'on ne peut que l'admirer.

— Vous êtes une excellente enfant, dit le baron Théodore avec un sourire qui rendit à son visage son aimable expression. Je crois que vous ne savez penser mal de personne. Vous me paraissez, vous, le génie de la paix et de la lumière.

— Ah! on a raison de dire que, vous autres allemands, vous êtes des rêveurs, dit Amy en éclatant de rire. La visite à la vieille abbaye vous a tout transformé. Venez vite : le thé de maman vous rendra la vie en nous ramenant à la réalité.

Et, elle voulut courir en avant; mais, il la suivit du même pas et ils arrivèrent, rieurs comme des enfants insouciants, à la porte du cottage.

Quelques jours plus tard, Charles Théodore de Steinecken quitta la maison hospitalière des Bracy, en les assurant de toute sa gratitude, et partit pour l'Ecosse.

—◦◆◊◈◊◆◦—

Clarence, tout ému, se retira dans l'embrasure d'une fenêtre (page 208)

CHAPITRE XXIII

Combats intérieurs

Les voyageurs, attendus depuis si longtemps, étaient revenus à la vieille abbaye.

Grâce aux précautions de Mercédès, Ricarda fut saluée par les fleurs qui embaumaient sa chambre; mais, l'enfant gâtée y fit peu d'attention : n'était-ce pas un devoir de lui préparer une agréable bienvenue?

Son ancienne nourrice ne fut guère plus heureuse que les fleurs.

Dès qu'elle apprit l'arrivée de Ricarda, Mercédès vola

vers l'abbaye ; et, sans faire attention à la femme de chambre, elle se précipita dans l'appartement.

La jeune châtelaine était seule.

Aussitôt, l'Espagnole courut à elle et voulut la presser
dans ses bras ; mais, elle recula soudain en voyant l'accueil glacial que lui faisait la jeune fille dont le regard
exprimait l'étonnement de l'importunité de Mercédès.

Les lèvres de l'ardente Espagnole tremblèrent ; mais,
malgré sa cruelle déception, elle s'écria dans sa langue :

— O mon ange, ma colombe, enfin, enfin je te retrouve !

Ricarda s'était décidée à lui tendre la main : elle pensait peut-être que Madame Merlitt allait la lui baiser ;
mais, celle-ci n'y songea même pas ; et, tout à coup
Ricarda, malgré sa résistance, se sentit enlacée et cou-
verte de caresses.

— Oh ! que vous êtes impétueuse, Madame Merlitt, dit
la châtelaine en anglais : vous vous oubliez. Mais, je ne
veux pas m'en formaliser pour ce premier revoir.

— Restons amies, reprit-elle bientôt. Comment avez-
vous passé tout ce temps ! comment va Monsieur
Merlitt ?

La surexcitation de Mercédès fut subitement calmée.

Elle fixa ses regards perçants sur la jeune fille, et un
éclair de colère alluma sa prunelle.

— Ah ! Miss Carré, dit-elle les dents serrées, vous ne
voulez pas que Mistress Merlitt oublie qu'elle a été votre
domestique. Ne craignez rien : je n'oublie pas notre position respective. Mais, je m'étais figuré que le premier
revoir serait tout autre.

Oui, elle s'était imaginée une autre scène.

Oh ! comme il saignait le cœur de l'orgueilleuse Espagnole !

Elle eût pu crier de douleur ; mais, elle se mordit les

Ricarda se mit au piano et chanta une petite romance (page 208)

lèvres, écoutant avec un sourire dédaigneux Ricarda qui s'informait des choses les plus ordinaires.

Elle répondit à toutes les questions de celle-ci sans plus en faire une seule.

— Fais attention! mon heure viendra! murmurait-elle en témoignant la plus grande soumission.

Au même instant, la femme de chambre frappa à la porte, annonçant qu'on attendait Miss Carré au salon, où se trouvaient le colonel de Bracy et Monsieur Clarence.

— Venez me voir quelquefois, Madame Merlitt, dit Ricarda en la congédiant avec des airs de grande dame. Je n'ai pas oublié les soins que vous m'avez prodigués dans mon enfance, et je veux les récompenser. De mon voyage d'Allemagne, je vous ai rapporté plusieurs beaux souvenirs et je vous les remettrai moi-même : je saurai encore trouver le chemin de votre maison, ajouta-t-elle doucement comme pour se faire pardonner le ton d'autorité qu'elle avait pris d'abord.

Mais, Mercédès ne pouvait pardonner cette ingratitude, et les paroles de la châtelaine retentissaient dans son cœur avec un triste écho. Tous ses nerfs tremblaient d'une agitation fébrile.

— Me recevoir ainsi, moi! se répétait-elle continuellement. Me dire « vous, et Madame Merlitt? » C'est ainsi que me parle une créature que je... Tais-toi, langue bavarde!

Et, reprenant l'empire sur elle-même, elle rentra chez elle pour donner libre cours à sa fureur, et la tempête se déchaîna sur Fred Merlitt qui n'en sut jamais la raison.

Pendant ce temps, Ricarda recevait, pour la première fois, comme jeune châtelaine, accueillant d'un visage souriant le colonel de Bracy dont elle conquit promptement l'amitié.

Il était venu avec la bonne volonté de la trouver jolie; mais, il fut ébloui de cette beauté, surtout de l'amabilité qu'elle lui témoigna et du soin qu'elle prit d'éviter les mouvements de mauvaise humeur dont elle était coutumière autrefois.

Clarence la voyait aujourd'hui sous un jour favorable.

Jamais il ne l'avait vue si belle et si douce; jamais il n'avait été si en désaccord avec lui-même.

Les relations journalières, avec celle qu'on lui destinait comme fiancée, n'avaient pas été sans produire sur lui une vive impression. Le caractère particulier de Ricarda l'intéressait, et il était flatté de l'influence qu'il exerçait sur elle.

Où est le fils d'Adam qui ne soit pas sensible à la vanité?

Fier d'avoir un certain empire sur Ricarda, il cherchait à excuser, malgré lui, ses caprices despotiques, qu'il avait pu constater à Munich et pendant le voyage

Ce qui lui faisait cependant le plus de peine, c'était le peu de complaisance qu'elle avait pour son père.

En voyant sa conduite égoïste, Clarence se rappelait cette jeune fille sans nom, l'enfant d'un aventurier condamné par les tribunaux, belle comme l'ange de la miséricorde, se consacrant avec dévouement aux soins d'un vieillard qu'elle appelait naïvement grand-père.

C'est alors que le jeune peintre sentait se rouvrir son ancienne blessure, et son âme était en suspens entre son devoir et sa volonté.

Il se demandait si l'union, désirée par son père, ne pouvait pas lui donner le bonheur; et, d'un autre côté, il ne pouvait chasser le souvenir de Wurzbourg.

Il lui fallait quelque temps pour voir clair dans ses propres sentiments, et il ne voulait demander la main de l'héritière que quand il serait maître de son inclination pour Dolly.

En attendant, il cherchait à connaître le caractère de Ricarda et à s'éprouver lui-même, afin de savoir s'ils se convenaient l'un l'autre.

La réserve qu'il montrait en toutes circonstances, et que l'on ne pouvait pas méconnaître, avait rendu la jeune châtelaine très accommodante; et, déjà, elle en était arrivée à partager, au fond du cœur, les désirs de son père, espérant que Clarence ne tarderait pas à s'en entretenir avec le colonel, et c'est ce qui l'avait portée à se montrer si aimable pour tous les habitants du cottage.

Dans la visite qu'elle fit le lendemain à Flavie et à sa fille, elle se montra si heureuse que Madame de Bracy la trouva changée à son avantage.

On vit renaître l'ancienne amitié entre Amy et Ricarda, et les jours s'écoulèrent à la satisfaction de tous.

Clarence venait souvent à la vieille abbaye pour répondre aux désirs de Vivien Carré qui le consultait sur tout.

Le pauvre malade lui laissait toute l'administration de la propriété et le considérait comme sa main droite.

Clarence pouvait agir à sa guise, le châtelain l'approuvait toujours.

Avec l'activité de la jeunesse, il s'occupait consciencieusement de sa tâche, espérant que le travail lui ferait oublier des désirs irréalisables. La vie simple de la campagne était remplie de charmes pour lui.

Ricarda, au contraire, commença bientôt à s'ennuyer. Elle s'impatientait du silence incompréhensible de Clarence, et était souvent de mauvaise humeur.

N'ayant ni la modération d'Amy, ni de goût pour la belle nature, les jours lui semblaient très monotones, et, deux semaines après son retour, elle ne savait que faire de son temps.

Les joies et les peines de ses fermiers ne la préoccupaient point : les paysans lui étaient étrangers, et elle restait une étrangère pour eux.

Quel contraste avec Miss de Bracy dont la bienveillance attirait les familles qui venaient la consulter et qu'elle ne renvoyait jamais sans une bonne parole ou un conseil amical !

C'est elle que l'on aurait pu regarder comme l'héritière, tant on lui témoignait de déférence et d'attachement.

Clarence faisait souvent cette remarque, et s'efforçait de diriger les pensées de Ricarda sur la situation des gens de la campagne, et de lui indiquer les devoirs d'une maîtresse de maison, mais il n'avait aucun succès.

Mercédès avait mieux réussi.

Oubliant son prem'er chagrin, elle avait su se rendre presque indispensable. Chaque jour, elle accablait Ricarda de flatteries, lui faisait voir les avantages de sa position sociale et les prétentions qu'elle pouvait élever.

La jeune fille l'écoutait volontiers, et ce qui la charmait davantage, c'est que Mercédès regardait son mariage avec Clarence comme une chose décidée.

Et, alors elle se voyait dans l'avenir Ricarda de Bracy, entourée d'un cercle d'adorateurs et reine de la saison.

Ces pensées lui souriaient plus que les conseils sérieux de Clarence ; elle redevenait alors capricieuse, et rendait à son père la vie insupportable.

L'annonce d'une visite, arrivée au cottage, vint lui rendre un peu d'animation.

Le baron Steinecken, à son retour d'Écosse, avait voulu revoir encore ses parents.

— C'est très bien, lui dit le colonel d'un air joyeux et satisfait : tu apprendras maintenant à connaître Clarence. Vous allez tous deux remettre un peu de vie dans notre existence si tranquille.

Amy s'empressa d'en apporter la nouvelle à l'abbaye.

— Dieu soit béni ! s'écria Ricarda : cela nous fera un petit changement ! Je regarde l'apparition de ton cousin comme une délivrance. S'il est si amusant que tu le dis, Clarence suivra son exemple et pensera un peu plus à nos plaisirs.

Clarence amena le jour même Théodore de Steinecken à Lytonhall, pour le présenter à la châtelaine.

Si Amy avait pensé retrouver dans le baron l'ami des premiers jours, elle s'était bien trompée. A peine eût-il vu Ricarda qu'il entoura celle-ci de ses hommages empressés.

— Faut-il s'en étonner? se disait Amy dans sa naïve simplicité. Ricarda a beaucoup voyagé; elle a reçu une éducation distinguée; elle est belle, tandis que je suis une jeune fille insignifiante élevée à la campagne, ignorant le monde et incapable d'intéresser la conversation.

Non, elle ne connaissait point le monde : elle ne soupçonnait pas que le baron Théodore n'était revenu que pour faire la conquête de l'héritière dont elle-même lui avait parlé.

Une telle pensée était loin d'elle : elle ne connaissait ni la rivalité ni la jalousie.

Elle s'étonnait, cependant, du peu de réserve de Ricarda qui semblait attirer l'attention de l'étranger dans le but de réveiller l'indifférence de Clarence.

Celui-ci ne pensait pas si loin.

Occupé très sérieusement à Lytonhall, il n'en voulait pas à Ricarda de rechercher quelques distractions, et lui-même faisait son possible pour amuser son hôte.

Par égard pour le châtelain malade de l'abbaye, on se réunissait le soir dans son salon ; mais, la journée se passait en voiture ou à cheval sous la surveillance du colonel qui mettait la gaieté partout.

Quinze jours après l'arrivée du baron, dans une de ces soirées patriarcales, Ricarda déployait toute son amabilité, et rien, dans tout son extérieur, ne trahissait l'impatience fiévreuse qui la dévorait.

Elle était fatiguée d'attendre la déclaration de Clarence, et se proposait de la provoquer.

La tristesse visible de Steinecken n'excitait que son sourire.

Elle n'avait d'yeux que pour Clarence à qui, dans la journée, elle avait fait la surprise d'accepter toutes les améliorations qu'il jugeait nécessaires pour les fermiers.

On devina cependant bientôt ses intentions.

Elle avait une belle voix et aimait la musique : ces deux moyens allaient lui servir d'interprètes vis-à-vis de Clarence.

Sur un simple désir qu'on lui témoigna, elle se mit au piano et chanta une petite romance avec tant de passion que Clarence, tout ému, se retira dans l'embrasure d'une fenêtre en proie à une terrible lutte.

Les sons mélodieux de la voix de Ricarda le poursuivaient et l'agitaient, et, les yeux fixés sur l'immense propriété qui s'étendait devant lui, il se disait :

— Tout cela peut être à toi ! Il ne t'en coûte qu'un mot... Dis-le, et tu seras le maître de Lytonhall et le fiancé de Ricarda.

La richesse lui montrait un avenir séduisant : il en

détourna ses regards pour les reporter sur la voûte tranquille du ciel, où scintillaient d'innombrables étoiles.

Ces étoiles brillaient aussi au-dessus de la petite maison du Mein, au fond de la Bavière, où, à la même heure, Dolly pleurait l'absent.

Dans sa vie simple s'était glissé inopinément un nouveau souci qui lui rendait plus sensible encore sa position sans patrie, et lui rappelait celui qui était parti sans espoir de retour.

Elle aussi, l'aimable enfant, regardait le ciel et priait de toute son âme.

— Bénissez-le, Dieu du ciel, disait-elle; je ne vous demande que son bonheur : protégez-le, préservez-le de tout danger.

Le danger, pour lui, était proche, le danger de se tromper lui-même.

— Pouvait-il aimer réellement Ricarda?

Involontairement, il se retourna.

Ricarda, furieuse de se voir abandonnée, avait appelé d'un coup d'œil Théodore de Steinecken, et liait conversation avec lui.

Clarence les observait tous deux, et surprenait la jeune fille lançant au baron le même regard qu'elle avait eu pour lui.

En ce moment, elle perdit, auprès de Clarence, tout ce qu'elle avait gagné. Il s'aperçut de son double jeu et quitta le salon.

Epouvantée, Ricarda comprit qu'elle avait été trop loin, et se détourna brusquement du baron.

Celui-ci, accoutumé à ses caprices, ne perdit point courage.

Dans cet intervalle, Clarence se dirigeait vers la maison paternelle dont le calme lui fit du bien, et la vision

14

qui le faisait maître de l'abbaye s'évanouit comme un mirage.

La scène, dont il avait été témoin, lui avait ouvert les yeux.

Ricarda n'était pas une fiancée pour lui : elle avait des idées trop différentes des siennes.

Il l'aimait trop peu avec ses qualités dangereuses : ni lui, ni elle ne pouvaient être heureux ensemble.

L'oubli lui était impossible : il valait mille fois mieux renoncer à Lytonhall et conserver son cœur libre.

La lutte était finie ; sa résolution était prise.

Madame de Bracy se retira dans son boudoir, suivie de son fils (page 212)

CHAPITRE XXIV

Secrets du cœur

Le soir suivant, Ricarda alla prendre le thé au cottage.

Clarence ne s'était pas montré à l'abbaye de toute la journée. Parti à cheval de bon matin, il avait réglé différentes questions avec les fermiers et s'applaudissait de ses résultats.

Maintenant qu'il n'était plus indécis sur son avenir, il jouissait d'une joie inconnue jusqu'alors, et c'est avec un visage souriant qu'il entra dans le salon de sa mère.

Ricarda répondit à peine à son salut : elle le boudait, et semblait ne voir que Steinecken.

Amy s'occupait du thé : elle observait Ricarda et la comprenait toujours moins, car celle-ci ne tenait même pas compte du mécontentement qui se lisait dans les yeux de lady Flavie.

Quelques instants plus tard, Madame de Bracy se retirait dans son boudoir, suivie de son fils dont les traits fatigués l'inquiétaient.

— Tu désires me parler, Clarence, dit-elle, et je m'en réjouis, car on ne peut continuer à vivre ainsi. Vivien Carré meurt d'impatience, et tu sais maintenant ce qu'il désire et ce qu'il espère.

— Oui, ma mère, je le sais et je le vois. Tu as raison : il faut en finir. Je te prie donc, ainsi que mon père, de me permettre de quitter de nouveau l'Angleterre. Je voudrais aller en Italie.

— En Italie, Clarence? en ce moment! comment pourrais-tu, mon enfant, t'occuper de peinture quand la révolution est déchaînée sur ce pays, et que les arts sont relégués au second plan?

— Ah! ma mère, je ne pensais pas aux beaux-arts : je voudrais servir sous le général Lamoricière pour défendre, comme un fils dévoué, les droits compromis du souverain Pontife. Ne me refuse pas cette faveur, je t'en prie. Mon père ne me retiendra certainement pas : il sera heureux d'apprendre que je veux être brave comme lui. Crois-moi, c'est la solution la plus simple : il faut que j'abandonne la place ici.

— Mais, Clarence, sais-tu ce que tu fais? Pense donc aux désirs de ton père et de ton oncle, au projet d'avenir qu'ils ont formé pour toi.

— Je ne puis les satisfaire; j'ai essayé d'aimer Ricarda, cela m'est impossible; je renonce à Lytonhall en même temps qu'à la main de ma cousine.

— Vraiment? Mais, ne te trompes-tu pas toi-même,
mon fils, parce que tu te sens momentanément blessé?
Ricarda est jeune et... elle t'aime.

— A sa manière, peut-être, dit Clarence avec un sourire ; mais, ni elle, ni moi, nous ne pouvons nous rendre
heureux mutuellement. L'affection qu'elle est en droit
d'attendre de moi, si je demande sa main, je ne puis la lui
offrir ; et, pour ce qui me regarde, je n'épouserai jamais
une femme à cause de sa dot. Du reste, je ne pense pas à
me marier.

Flavie garda le silence, et considéra le noble regard de
son fils.

Elle se rapprocha de lui en proie à une vive émotion,
et comme au temps de l'enfance, elle caressa doucement
sa chevelure.

— Clarence, dit-elle, ne veux-tu pas te confier à ta
mère? Ton cœur a-t-il déjà fait son choix? réponds-moi,
mon enfant.

— Oui, mère, répondit-il en rougissant. Mon cœur
n'est plus libre ; mais, celle que j'aime ne grandit pas pour
moi. Tu connais maintenant mon secret : ne me ques-
tionne pas davantage : j'ai conquis le repos au prix de
grandes luttes.

— Merci de ta confiance; je suis d'avis que tu partes.
Agis d'après tes sentiments d'honneur. Sans doute mon
cœur maternel tremble en pensant aux dangers que tu
vas courir, mais il comprend ton noble désir. Si ta résolution est prise, tu n'auras point d'obstacle à craindre de
moi.

En ce moment, un pas léger traversa l'antichambre.

Ricarda, — qui n'en était pas à sa première indiscré-
tion, — devinant qu'on allait parler d'elle, s'était cachée

dans les plis de la portière et avait entendu sa propre sentence. Elle avait voulu écouter, elle avait entendu.

Ce qui l'irritait surtout, c'était de savoir que Clarence avait essayé de l'aimer, et qu'elle avait perdu son fiancé par sa propre faute.

Que lui faisait le baron de Steinecken? elle avait voulu seulement voir à ses pieds l'adorateur d'Amy : c'était un amusement.

Clarence l'avait bien jugée; elle l'aimait à sa manière; son affection n'était ni profonde ni vraie : c'était une passion.

Aussi sa découverte la mit-elle hors d'elle-même, mais elle appela sa fierté à son aide.

Elle revint au salon où Clarence entra quelques minutes plus tard.

Le jeune homme la trouva en apparence très calme, très attentive à jouer aux échecs; le colonel eut bientôt fait mat, et, prétextant un violent mal de tête, elle pria son cousin de l'accompagner chez elle; cependant, ils ne purent échanger leurs idées, parce que le baron Théodore avait voulu se joindre à eux.

Le jour suivant, Clarence se rendit à la vieille abbaye pour faire connaître sa résolution.

Vivien en fut inconsolable; mais, sa fille garda extérieurement une grande indifférence, et plaisanta Clarence sur le but de son voyage en Italie.

— J'aurais cru, lui dit-il, que vous m'approuveriez; vous m'avez si souvent reproché d'avoir laissé l'épée pour le pinceau.

— Tu te trompes, Clarence, répondit-elle en haussant les épaules. Il te sera difficile de conquérir des lauriers là-bas.

— Il est possible que le droit soit obligé de céder à la

force, et qu'une petite troupe de valeureux guerriers succombe sous le nombre ; j'aurai du moins l'honneur d'avoir combattu pour une noble cause. Mes parents m'ont donné leur consentement et rien ne me retient plus ici. Sois heureuse, Ricarda ; tu as ici un beau et grand cercle d'action, et des devoirs dont l'accomplissement te rendra la vie facile et agréable. Donne-moi la main et séparons-nous en amis.

Ricarda était devenue très pâle ; ses yeux brillaient d'un charme particulier, sa colère avait disparu, ainsi que le sourire moqueur fixé sur ses lèvres ; l'orgueilleuse jeune fille semblait domptée.

— Ne pars pas, Clarence, dit-elle d'une voix douce et suppliante : ne nous abandonne pas. Lytonhall a besoin d'une main ferme ; mon père ne peut se passer de toi : ne quitte pas ton pays.

Cette prière le toucha ; mais, le nom de Lytonhall lui rappela sa résolution de ne point épouser une jeune fille à cause de sa dot.

Non, il ne pouvait pas rester, il ne pouvait pas vendre son cœur pour de l'argent.

Il valait mieux, pensait-il, marcher seul et sans reproche à travers la vie, plutôt que de se tromper, lui et Ricarda qu'il n'aimait point.

Dès qu'elle le vit inébranlable, Ricarda fit un violent effort pour reprendre possession d'elle-même, et ajouta d'un ton orgueilleux :

— Adieu donc ; je ne te retiens plus. Il vaut peut-être mieux pour toi que tu partes.

Mais, lorsqu'il fut sorti, elle rentra dans sa chambre et donna libre cours à sa fureur.

Elle refusa même de descendre vers son père, et ne

voulut voir personne ; et, cependant, elle reçut une visite :
celle de Mercédès.

Dans les dernières semaines, l'Espagnole avait repris
son empire, et l'ancienne intimité était revenue. Quand
elles se trouvaient ensemble, Madame Merlitt avait la permission d'oublier sa qualité de subordonnée, et elle donnait des conseils comme une amie et non plus comme une
servante.

Aussitôt qu'elle eût appris la nouvelle du départ de
Clarence, elle se rendit à l'abbaye où Vivien Carré se plaignit de Ricarda qui, par ses caprices et sa coquetterie,
avait blessé le jeune de Bracy, et détruit ses plans
d'avenir.

Mercédès en fut bouleversée ; et, sans tenir compte de
la défense de Ricarda, elle monta chez celle-ci et ferma la
porte à double tour.

Avant que la châtelaine eût pu exprimer son étonnement dans un regard de colère, Madame Merlitt était
devant elle, le visage livide, les yeux hagards ; et, comme
si elle n'était plus maîtresse d'elle-même :

— Ricarda, qu'as-tu... oh ! pardon ! qu'avez-vous fait,
Miss Carré ? C'est par votre faute que Clarence de Bracy
quitte Lytonhall ? Ce n'est pas possible ; je vous en conjure, cela ne doit pas être. Il faut que vous maîtrisiez vos
caprices, au moins jusqu'à ce que vous soyez Madame de
Bracy. Hâtez-vous de le rappeler ; demain, peut-être, il
serait trop tard.

— Vous déraisonnez, Mercédès ! Qui vous permet de
me parler ainsi ? s'écria Ricarda en réprimant à peine
sa colère. Es-tu folle, pour oser me tenir un pareil
langage.

— Oh ! j'ose bien davantage, répondit Mercédès dont les

yeux étincelaient. Vous devez épouser Clarence : tout
votre avenir est en jeu.

— Vraiment, je crois qu'elle perd la tête, murmura
Ricarda les joues en feu.

— Non, pas encore, mais cela pourrait venir. Prenez
garde à vous! ingrate enfant, ajouta l'Espagnole au comble de la colère.

Et, prenant subitement un ton plus doux :

— O Ricarda, dit-elle, ma chérie, toi pour qui j'expose
le salut de mon âme, écoute-moi. Laisse-toi attendrir;
oublie ton orgueil, cède à ma prière; je sais que tu aimes
Clarence, épouse-le et tout sera bien.

C'était la goutte d'eau qui devait faire déborder le
vase.

En se souvenant du dédain de Clarence, les paroles de
Mercédès lui parurent une insulte.

— Ecoute, Mercédès, tu es une impertinente et tu abu-
ses de ma bonté. Qu'est-ce que cela peut te faire que
j'épouse ou non Clarence? Tu...

— Ce que cela me fait? plus que tu ne penses, ma
colombe.

— Quand je parle, tu dois te taire, répondit la jeune
fille d'un ton impératif. N'oublie pas qui je suis et qui tu
es. Tu peux avoir de bonnes intentions, mais une servante ne doit point parler ainsi à sa maîtresse à qui elle
doit tout. Je suis enfin fatiguée de ton audace. Voilà la
porte : va-t'en, et que je ne te revoie plus.

Mercédès la regarda avec des yeux effarés, comme
si elle voulait se donner le temps de comprendre cet
ordre.

Son visage prit un air effrayant, et elle s'écria hors
d'elle-même :

— Quoi! tu me mets à la porte? Juste ciel! c'est là ma

récompense? Ingrate créature! tu m'appelles ta servante?
Ah! il en est temps, et je vais te dire ce que je suis et qui
tu es.

Ricarda recula épouvantée.

— Viens ici, méchante créature! je vais d'un seul
mot briser ton orgueil.

Et, avant que Ricarda pût s'échapper, les deux mains
de Mercédès s'abattaient sur ses épaules et l'attiraient à
elle, tandis que l'Espagnole lui murmurait quelques mots
à l'oreille.

Ricarda chancela comme assommée.

Le sang s'était retiré de son visage; une terreur sans
nom anima ses regards, et, d'une voix entrecoupée, elle
balbutia avec peine :

— Tu mens, Mercédès, tu mens!

— Je te jure que je dis la vérité. C'est à cause de toi que
j'ai empoisonné ma vie par ce secret. Tu le connais maintenant : ce que j'ai dit est vrai.

Sa voix avait l'accent de la vérité.

Ricarda n'en doutait pas, et c'est ce qui la jetait dans le
désespoir.

Elle tourna le dos à Mercédès, se jeta sur le divan en
sanglotant à chaudes larmes.

Mercédès la contempla un instant; et, se penchant sur
elle, elle reprit d'un ton de pitié :

— La vérité te brise le cœur, alors je me tairai. Tu le
vois, tu es dans ma main. N'as-tu pas une parole pour
moi?

— Ecoute, dit-elle d'un ton plus pressant. Je ne puis
supporter ton chagrin. Viens, embrasse-moi une seule
fois, comme tu le faisais étant enfant, et je vais te
consoler.

Ricarda eut un mouvement d'hésitation :

— Nous sommes seules, reprit Mercédès en haussant les épaules, personne ne peut nous entendre. Viens, je vais tout te raconter, et nous verrons ensemble ce qu'il faut faire pour l'avenir.

Les deux femmes causèrent longtemps; et, quand elles se séparèrent, ce fut en bonne amitié.

Mais, dès que Mercédès fut partie, Ricarda fut en proie à une grande agitation; et, elle fit dire à son père qu'étant souffrante elle prendrait le thé chez elle.

Elle paraissait, en effet, très fatiguée; aussi renvoya-t-elle promptement sa femme de chambre, et elle resta seule avec ses espérances anéanties.

D'abord, elle s'abandonna au désespoir; puis, peu à peu, son visage prit une expression rusée et, avant de se coucher, elle avait combiné son plan.

Clarence était parti le lendemain de bon matin pour l'Italie.

Vivien Carré semblait brisé : il avait tenté un dernier effort, et s'était entretenu avec lady Flavie; mais, rien n'avait pu changer la résolution de son neveu.

Ricarda parut supporter, avec tant de résignation, le départ du jeune de Bracy qu'on s'imagina qu'elle avait repoussé sa demande.

Le baron Steinecken lui-même y fut trompé, et elle lui fit pressentir pourquoi elle n'avait pas répondu aux désirs de son père : ils furent bientôt d'accord.

— Dépêche-toi, Lucy, dit Ricarda en rentrant un soir à sa femme de chambre. Mets une rose dans mes cheveux : je vais descendre au salon où mon père m'attend sans doute.

Hélas! il y avait longtemps que le pauvre homme l'attendait. Mais, il n'avait plus de courage et Ricarda pouvait faire ce qu'elle voulait.

Et, cependant, quand elle entra souriante et joyeuse, le châtelain oublia son mécontentement.

— Que tu es pâle, mon enfant! lui dit-il avec bonté; te sens-tu malade?

— Pas du tout, mais je trouve la maison très ennuyeuse, et la vie que je mène ici me pèse. Je voudrais de la distraction : heureusement, Mistress Bowe m'en promet et tu ne t'y opposeras pas.

— Comment cela? interrogea M. Carré.

Depuis qu'elle est revenue à Londres avec nous, mistress Bowe n'a pas repris de position et s'est installée chez elle. Elle m'a invitée, et j'ai l'intention d'accepter pour quelques jours. Je l'ai donc priée de venir me chercher demain.

— Sans me prévenir!

Tu as besoin de repos, et j'espère que tu ne me regretteras pas trop.

— Je pensais que tu irais dans la saison avec lady Flavie, dit le malade d'un air triste.

— Dans les circonstances présentes, ce n'est guère possible, tu dois le comprendre toi-même.

— D'ailleurs, s'empressa-t-elle d'ajouter, mistress Bowe est une protection suffisante pour moi, puisque tu l'as choisie toi-même dans notre voyage d'Allemagne. Il n'est pas question de faire des visites à Londres. Je ne désire que voir la ville, et l'invitation de cette dame est une bonne occasion. Laisse-moi donc ces quelques jours de plaisir.

— Certainement, chère enfant, et je ne veux en rien te contrarier; fais donc ce que tu veux, ajouta Vivien, sachant bien qu'il devait céder.

— Mais, je te prie, cher papa, de ne point parler de mistress Bowe à Mercédès : sa jalousie me fatigue et elle trouverait encore quelque observation à me faire.

— Je ne désire pas voir Mercédès et encore moins lui parler.

— Car, se dit en lui-même le patient, elle t'a rendue trop capricieuse.

Rien ne le touchait plus maintenant. Le départ de Clarence avait tout brisé, et les relations avec le cottage étaient devenues difficiles.

Ricarda et mistress Bowe commençaient un voyage ressemblant à une fuite (page 227)

CHAPITRE XXV

Dupé

Lady Flavie ne pouvait plus espérer que Ricarda viendrait souvent passer les soirées chez elle.

La vie était devenue silencieuse, et l'on ne recherchait plus que le calme.

Le baron Steinecken le comprenait sans doute, malgré toute l'amitié qu'on lui témoignait; peut-être aussi ne se trouvait-il plus à son aise depuis le rôle qu'il y jouait.

Quoiqu'il en soit, il déclara subitement que l'heure de quitter l'Angleterre avait aussi sonné pour lui.

Personne n'insista pour le retenir, pas même le colonel, et trois jours après Clarence, le baron quitta le cottage.

Vivien Carré prétexta la maladie pour ne pas recevoir ses adieux.

Ricarda ne le vit que quelques minutes, lui dit adieu en présence de Mercédès et lui serra froidement la main au milieu de phrases banales.

Le même soir arriva Mistress Bowe comme un hôte inattendu, sauf pour Ricarda.

Celle-ci, dès son lever, ordonna à sa femme de chambre de préparer les malles pour le voyage de Londres, en lui recommandant de n'en rien dire à Madame Merlitt.

— Papa, dit la jeune châtelaine à son père : je pars demain pour Londres; j'ai vraiment besoin de voir de nouveaux visages. De ton côté, tu vas pouvoir te reposer à ton aise; tu aimes la solitude, et tu en seras charmé.

— Comment! tu pars déjà demain? demanda-t-il étonné. Tu prends vite tes résolutions, Ricarda! mais, ce sera comme tu voudras; je ne veux pas te contrarier.

— Que tu es bon, papa! reprit-elle avec une soudaine tendresse. Plus tard, en Allemagne, nous serons plus longtemps ensemble. N'est-ce pas qu'il te tarde de revoir Wiesbaden et tous les lieux que nous avons déjà parcourus? Tu t'y trouves bien mieux, et la vie y est plus agréable. Nous y passerons l'hiver, veux-tu?

— Nous verrons, mon enfant. J'espérais pourtant trouver ici le repos et la tranquillité.

— Tu t'en fatigueras bientôt : soigne-toi bien en mon absence.

— Et toi, dit-il en souriant, amuse-toi bien. As-tu pensé aux dépenses du voyage? si tu désires quelque chose, va chez mon banquier; il te remettra l'argent dont tu peux avoir besoin.

— Quelle chance que tu m'y fasses penser, papa. Les petites filles oublient toujours le plus essentiel. Donne-moi une lettre de crédit pour Messieurs Johnson et Grant, car il me faudra beaucoup d'argent. Je voudrais acheter une nouvelle parure, puisque tu ne veux pas que je fasse monter les joyaux de Lyton qui sont d'ancienne mode.

— Ma chérie, je n'ai jamais lésiné avec toi. Tu as carte blanche chez le banquier. Donne-moi un chèque, je vais le signer.

Elle se hâta de rouler une table auprès du malade qui signa d'une main tremblante une lettre de crédit illimité sur la maison Johnson et Grant.

— O papa, tu dois être fatigué, dit Ricarda. Désires-tu que je te tienne compagnie? Viens, je vais arranger ces coussins, tu seras plus à l'aise.

Le pauvre homme fut touché de ces témoignages de tendresse qui étaient si rares chez Ricarda.

— Tu oublies Mistress Bowe, lui dit-il; il n'est pas convenable de la laisser seule.

— Bah! elle peut bien attendre un peu. Je lui ferai tes adieux : tu n'as pas besoin de la voir; sa vivacité te ferait mal.

— Tu as raison, je la verrai demain.

— Non, papa, nous partirons de bonne heure : je ne veux pas te déranger, à cause de Mistress Bowe, et je veux te faire mes adieux maintenant.

Elle se pencha vers la malade et l'embrassa longuement et en apparence cordialement.

— Tu es toujours un bon papa pour ta méchante Ricarda : ne sois pas fâché si elle a agi autrement que tu...

Elle s'interrompit brusquement et l'embrassa encore une fois.

15

Malgré ses déceptions et ses regrets, il ne s'irrita pas.

— Fais bon voyage, mon enfant, et reviens vite près de ton vieux père.

Ricarda sonna.

— La voiture doit être prête pour le premier train. John, vous aurez soin de Monsieur Carré. Vous veillerez à ce que rien ne lui manque.

Et, se retournant vers son père :

— Adieu, papa, au revoir, dit-elle en fermant la porte.

— Les malles sont-elles prêtes? demanda-t-elle à la soubrette qui attendait.

— Tout a été fait comme Miss Carré l'a commandé.

— Avez-vous vu Mistress Merlitt.

— Je l'ai rencontrée sous la porte-cochère. Elle revenait de la ville et marchait à grands pas; elle avait l'air t ès pressée.

— Ayez soin qu'elle ne sache rien de notre voyage; j'y tiens beaucoup.

— Elle n'a pas le moindre soupçon, Miss.

— Bien, Lucy; vous n'avez pas besoin d'attendre. Soyez ici de bonne heure demain matin.

Ricarda rentra dans sa chambre où Mistress Bowe l'attendait en lisant, et, après avoir pris le thé, les deux dames se séparèrent.

Enfin, la jeune châtelaine était seule.

Elle veilla la moitié de la nuit, examina les malles et y mit encore beaucoup d'objets. Tout ce qu'elle possédait en valeurs, même les joyaux anciens, elle enferma tout dans sa sacoche.

Son travail était terminé. Elle était pâle, et eut peur d'elle-même en se regardant au miroir.

— Je suis bien nerveuse, se dit-elle, tremblant au moindre bruit. Chassons ces folles idées : il n'y a point de retour pour moi.

A l'aube du jour, Ricarda et mistress Bowe commençaient un voyage qui ressemblait à une fuite, tant on l'entreprenait en hâte et en silence.

Les domestiques de l'abbaye, accoutumés aux caprices de leur maîtresse, n'en furent pas surpris.

Mercédès au contraire fut muette d'étonnement, lorsqu'elle apprit que miss Carré ne reviendrait que dans quelques jours.

Elle était surtout très mécontente de savoir que mistress Bowe l'accompagnait, car elle détestait toutes les personnes qui pouvaient avoir de l'influence sur Ricarda; mais ce qui la mettait hors d'elle-même, ce qu'elle ne pouvait pardonner, c'était le silence que l'on avait gardé sur ce départ, et elle maudit la circonstance qui l'avait forcée la veille à se rendre à la ville voisine.

Monsieur Carré la consola cependant en l'assurant que l'absence serait courte; mais elle se promit bien de faire comprendre à Ricarda, lorsqu'elle serait de retour, la légèreté de sa conduite; elle lui démontrerait de façon à ce qu'elle ne l'oubliât plus, qu'il ne fallait pas se jouer d'elle à l'avenir.

Mercédès revint chez elle de fort mauvaise humeur et fit une scène à monsieur Merlitt qui pourtant, le pauvre homme, n'en pouvait mais.

Depuis quelque temps, elle avait ajouté à tous ses défauts une dépense exagérée dont son mari gémissait en silence. Il ne pouvait comprendre où passait tout l'argent; et la dernière semaine, il avait toujours trouvé la caisse vide.

Mais il était loin de soupçonner ce qui se passait; et, personne ne lui avait dit que sa femme avait parlé longtemps à un étranger rencontré dans la ville; du reste il n'était pas disposé à l'interroger en voyant ses regards chargés de menaces.

Et cependant Mercédès ne dit rien : elle attendait le retour de Ricarda.

Mais quels auraient été ses sentiments si elle avait pu se trouver deux jours plus tard dans l'humble église d'un faubourg de Londres.

Tandis que la ville était encore noyée dans le brouillard, deux fiacres roulaient à toute vitesse vers la petite chapelle où brûlaient deux cierges, et où le sacristain préparait tout pour un mariage.

Il n'y avait point de curieux pour admirer la belle fiancée qui sortit de la seconde voiture avec une dame de compagnie, pendant que, de la première, deux messieurs descendaient.

L'un d'eux était notre connaissance le baron Charles Théodore de Steinecken qui s'empressa d'offrir le bras à l'une des dames voilées.

Celle-ci hésita un moment, et regarda autour d'elle en tremblant; n'ayant vu personne, elle entra dans l'église la tête haute.

Sa compagne la suivit ainsi que l'autre monsieur, déjà d'un certain âge et sans distinction, qui venait de donner des ordres aux cochers.

La fiancée avait peine à dominer son émotion.

— Tout est en ordre, lui dit le baron : approchons-nous de l'autel !

Le prêtre parut et le sacristain remplit le rôle de second témoin.

Lorsqu'elle sortit de la petite église, miss Ricarda Carré était baronne de Steinecken.

Elle avait atteint son but; néanmoins le sol semblait lui brûler les pieds.

Les témoignages de tendresse de mistress Bowe lui devenaient désagréables. Elle avait eu besoin de son aide : maintenant que tout était fini, elle se croyait quitte avec elle en lui donnant une somme d'argent afin de l'éloigner au plus vite.

Sans perdre de temps, les nouveaux mariés partirent pour Ostende.

De là le baron et sa jeune femme, annoncèrent leur union à Vivien Carré en lui demandant son pardon et sa bénédiction.

Steinecken l'assura de son affection sincère pour Ricarda qui l'avait laissé partir en avant, en lui faisant espérer que son père approuverait son choix, malgré les plans que M. Carré avait formés. Il terminait en implorant l'indulgence du châtelain.

Que faire contre le fait accompli?

L'héritière de Lytonhall conservait ses droits aussi bien comme baronne de Steinecken que comme miss Carré.

Son père ne pouvait la déshériter, même s'il le voulait.

Elle le croyait du moins.

La lettre parlait de son bonheur, et elle ne doutait pas que son père ne jugeât avec douceur la démarche personnelle qu'elle avait faite.

En agissant ainsi, elle avait voulu lui épargner une émotion inutile et une discussion qui n'aurait abouti à aucun résultat; tandis que maintenant, il pouvait approuver son choix.

Tout avait été simplifié et on avait évité les embarras des préparatifs de noces.

Monsieur Carré ne pouvait du reste pas trop lui en vouloir, puisqu'il en avait agi ainsi autrefois pour son propre mariage.

Elle le suppliait donc de lui pardonner et de venir bientôt à Wiesbaden, où elle renouvellerait sa demande avec son mari.

Le coup frappa Vivien d'une manière inattendue.

Au premier moment, il fut interdit, sentant profondément la honte dont sa fille le couvrait en s'enfuyant de la maison, lui le plus indulgent des pères, et qui eût accompli le vœu le plus capricieux de son enfant! C'était là sa récompense!

Mais ce qui le blessait davantage, c'était l'allusion de Ricarda à son mariage : il était puni par où il avait péché, et il fallait se taire pour ne pas rappeler de trop pénibles souvenirs.

Ce fut pour lui une grande humiliation que de faire connaître à la famille le coup de tête et la légèreté de la hautaine Ricarda.

Le colonel fut outré surtout de l'indigne conduite de Steinecken, qui avait abusé du droit d'hospitalité pour engager la jeune fille à un mariage clandestin.

Lady Flavie n'en comprenait pas le motif, puisqu'il eût été si facile d'obtenir le consentement d'un père aussi faible que monsieur Carré.

Mais Ricarda aimait les extravagances, et c'était sans doute cette disposition d'esprit qui l'avait poussée à cette folie.

Heureusement que le bon sens avait empêché Clarence de prendre pour fiancée cette jeune intrigante, pensait lady Flavie avec satisfaction; et, pour la première fois, le colonel entièrement de l'avis de sa femme ne regretta pas de voir échouer ses plans.

Amy seule fut profondément chagrinée; mais ses larmes n'étaient pas pour le baron Steinecken : elle tremblait
pour le bonheur de Ricarda, qui lui semblait bâti sur le
sable.

Partout à Lytonhall, ce mariage excita l'étonnement,
mais nulle part la joie.

Au contraire, tous les fermiers éprouvèrent une grande
déception : n'avaient-ils pas souhaité intérieurement une
alliance entre Clarence de Bracy qu'ils avaient appris à
aimer et Ricarda?

Aussi n'eurent-ils aucune parole de bienveillance pour
elle ni pour sa mère adoptive qui les avait mécontenté tous
par sa hauteur.

— Miss Carré, disaient-ils, agit autrement qu'il ne convient à une fille de la maison Lyton. Elle est dégénérée.
Son amour pour l'étrange et le bizarre va cependant trop
loin. Ne pas même faire sonner les cloches chez elle pour
ses noces! Madame Merlit est la vraie coupable : c'est elle
qui l'a ainsi élevée! et notre pauvre maître récolte ce qu'il
a semé.

Mais le juge le plus sévère aurait eu de la pitié pour
Mercédès, en voyant l'effet produit sur elle par la nouvelle
du mariage de Ricarda.

On pouvait craindre qu'elle ne perdît la raison.

La malheureuse femme se livrait à de violents accès de
colère; elle poussait des cris affreux qui semblaient des
malédictions, et pendant plusieurs jours elle vécut silencieuse comme une insensée.

Peu à peu cet état devint permanent, quand elle se fut
convaincue que l'on ne pouvait rien changer à ce qui
était fait.

— Elle m'a trompé, et cela avec intention, murmurait-

elle en errant dans sa maison comme un fantôme et en
l'accablant de malédictions.

Bientôt elle ne sortit plus ; elle perdit son arrogance et
évita toute rencontre.

On eût dit que la malheureuse et coupable femme
haïssait l'humanité tout entière.

Elle ne s'intéressa plus à rien, sauf à ce qui se passait à
la vieille abbaye.

Elle attendait Ricarda avec une impatience fébrile ; mais,
quand elle apprit que la jeune femme refusait de revenir à
Lytonhall, même sur la prière de son père, elle tomba
sérieusement malade ; et, c'était un spectacle navrant que
de voir son dépit, son mécontentement, ses impatiences,
ses tourments.

Une seule personne trouvait accès auprès d'elle : c'était
Amy et Bracy.

Elle demandait avec instance les visites de cette charmante et douce créature, parce qu'elle pouvait lui parler de
Ricarda et la charger d'une correspondance qu'elle ne pouvait faire elle-même.

Plus la maladie se prolongeait, plus Mercédès désirait
revoir celle qu'elle avait bercée dans ses bras et qui ne lui
rendait que de l'ingratitude.

Elle suppliait Amy de conjurer la jeune mariée de revenir en Angleterre, l'assurant que celle-ci n'avait rien à
craindre, qu'elle saurait se taire et emporter dans la tombe
ce qui pouvait lui causer de l'inquiétude ; elle voulait la
voir et l'embrasser encore une fois avant de mourir ; elle
ne pouvait lui refuser cette satisfaction suprême.

Amy, écrivit souvent, mais l'indifférente Ricarda ne
vint pas.

La baronne de Steinecken, qui s'était réconciliée avec
son père, vivait heureuse sur le continent.

Peu lui importait la maladie de Mercédès : ses réponses étaient toujours froides ; elle engageait l'Espagnole à se consoler de son absence ; elle ajoutait qu'elle savait tout ce que Mercédès avait à lui dire, et qu'il valait mieux se taire dans l'intérêt de leur tranquillité réciproque.

Pour une foule de raisons, elle était décidée à ne pas retourner de sitôt en Angleterre ; et, moins que tout autre, Mercédès ne pouvait l'en blâmer.

La pauvre malade récoltait ce qu'elle avait semé ; et, elle n'était pas encore à bout de ses souffrances.

Tous deux restèrent quelques instants sans pouvoir prononcer une parole (page 238)

CHAPITRE XXVI

Vicissitudes du sort

Dans la petite maison de Wurzbourg régnait une paix profonde.

Assise auprès de son grand-père toujours occupé de la solution de quelques problèmes, son travail sur ses genoux, Dolly avait joint les mains à l'heure de l'*Angelus*.

Les joues de la jeune fille n'avaient plus les belles couleurs d'autrefois, et un observateur aurait pu lire sur son visage l'expression du souci et du chagrin.

Il y avait peu de changements dans la chambre.

Le souper était prêt, plus frugal peut-être que dans la

maison roulante, où Percy Fairfax assaisonnait le repas de bonne humeur et de vers de Shakespeare.

Que d'années s'étaient écoulées depuis ce temps!

Dolly pensait souvent à cette vie vagabonde; hélas! elle ne pouvait faire autrement.

A l'heure du crépuscule, quand sonnait l'heure du repos, le souvenir du passé revenait plus pressant, avec ses questions mystérieuses.

— Qui sont tes parents? Comment les as-tu perdus? Quel est ton nom?

Oui, quel était son nom?...

Autrefois elle y pensait à peine, et s'était accoutumée à regarder monsieur et madame Fairfax comme ses parents.

De temps en temps elle se souvenait, comme dans un rêve, d'une figure d'homme qui avait toujours été bienveillant pour elle et qui peu à peu se confondait avec celle de Percy. Mais on l'avait toujours appelée Fairfax, et jamais elle n'avait cherché de quel droit elle portait ce nom.

Elle revoyait alors les riantes campagnes, les grandes villes qu'elle avait parcourues, et en même temps la lutte pour la vie que soutenait avec courage la bonne Dorothée, dont l'activité avait cherché à lui rendre l'existence heureuse.

Percy n'avait pu s'accoutumer à la tranquillité du foyer: il était parti pour les pays lointains, promettant de revenir dès qu'il aurait conquis la fortune; mais, depuis six mois, on n'avait plus de ses nouvelles et sa femme, fidèle et patiente, commençait à s'inquiéter.

Dolly le remarquait depuis longtemps, et la peine qu'elle se donnait pour égayer sa mère, ne lui permettait plus de penser au chagrin causé par le départ de Clarence.

N'avait-il pas épousé sa cousine? N'était-il pas devenu seigneur de Lytoahall? Dorothée en avait du moins parlé en ce sens, et jamais depuis, le nom du jeune peintre n'avait été prononcé.

Madame Fairfax avait profité de la soirée pour faire une promenade jusqu'à la chapelle du Calvaire.

Elle aimait à se retirer quelquefois dans ce sanctuaire où elle trouvait le calme et priait pour le cher absent.

Elle ne savait même plus où sa pensée pouvait le rencontrer.

Peut-être était-il mort à l'étranger, seul et oublié de tous. Elle le savait insouciant, facile à se lier à des camarades sans se préoccuper des dangers à courir. Mais jamais elle ne pensa qu'il pouvait l'oublier.

Non, elle connaissait trop bien Percy : il reviendrait certainement un jour, si la mort ne le surprenait pas.

Oh! la pensée qu'il pouvait mourir ainsi, loin d'elle, écrasait son cœur d'un poids indicible!

Elle avait tant à combattre avec la vie! son vieux père réclamait chaque jour plus de soins, et la petite pension de retraite restait toujours la même.

Que pouvait-elle y ajouter par son travail et celui de Dolly? la concurrence était si grande!

Absorbée par ces tristes pensées, elle redescendit la colline et fut bientôt en face de la demeure où elle avait trouvé le repos après sa vie d'aventures.

Le repos?... non, elle ne le trouvait plus sans Percy, mais son vieux père ne devait pas soupçonner le chagrin qu'elle éprouvait.

Elle essuya ses larmes et précipita ses pas.

De l'autre côté de la maison, elle aperçut un homme qui venait en sens contraire.

Malgré le crépuscule, elle fut surprise de sa démarche.

Le voyageur s'arrêta un instant, puis il courut à sa rencontre et la serra dans ses bras en s'écriant :

— Ma chère Dorothée !

Tous deux restèrent quelques instants sans pouvoir prononcer une parole, tant l'émotion avait été vive.

— O Percy ! mon Percy ! est-ce vraiment toi ? balbutia enfin Dorothée. Que je suis heureuse de te revoir !

Dolly venait d'allumer la lampe, lorsqu'elle entendit des pas qui se rapprochaient. Elle retint sa respiration.

Qui pouvait venir ? serait-ce possible ? Clarence ?

Sans quitter sa place, elle regarda du côté de la porte qui s'ouvrait.

— Papa Percy ! s'écria-t-elle en se précipitant dans les bras du voyageurs, tandis que le vieux professeur levait la tète avec étonnement.

— Oui, c'est moi, mes chéris : rien n'a pu m'empêcher de revenir vers vous.

Et son œil attentif examinait la chambre où tout était à la même place.

Mais en voyant le modeste repas servi sur la table, un soupir souleva sa poitrine, et sa figure joviale se couvrit de tristesse.

Dorothée s'aperçut rapidement qu'il n'était plus le même homme ; rien ne trahissait l'ancien comédien ; ses vêtements n'avaient plus rien d'extravagant : il paraissait un gentleman disposant d'une certaine fortune.

— Viens, ma chère femme, dit-il en offrant le bras à Dorothée. Mettons-nous à table ; l'enfant nous servira. Voyez, père, je vous ai apporté une salutation du Rhin. Le Johannisberg vous envoie ces larmes de joie pour arroser notre heureux revoir. Goûtez-le : nous boirons à notre santé.

— Dolly, reprit-il, apporte des verres, qui, je le vois, manquent ici, ajouta-t-il en tirant une bouteille de sa poche.

L'excellent vin eut bientôt délié la langue du silencieux professeur, et Percy prit sa part du frugal repas qui lui disait avec quelle parcimonie les siens avaient vécu.

— Dorothée! murmura-t-il à voix basse, avez-vous souffert de la misère?

Elle secoua la tête en signe de dénégation.

— Pauvre femme!... Mais tout à une fin, reprit-il à haute voix : tes doigts n'ont plus besoin de travailler.

— Tu es donc devenu riche, Percy? dit-elle en souriant. On dirait que tu as découvert des trésors dans le Nouveau-Monde.

— Oh! non! Je n'ai pas réussi en Amérique et je suis revenu en Angleterre, pauvre comme un rat d'église. Mais cela ne fait rien : je suis lord Arlington.

— Lord Arlington! répéta sa femme sans comprendre.

— Oui, Dorrit, c'est ainsi. Mon pauvre frère Keith a perdu la vie avec son fils dans un accident de chemin de fer. Le jeune héritier d'Arlington mourut sur-le-champ, mon frère vécut encore quelques jours. Ses autres enfants, sont des filles; elles n'auront que sa fortune particulière : le titre et la propriété reviennent au plus proche parent, et voilà comment je suis lord Arlington.

— Ce fut un coup terrible, ajouta Percy avec l'accent d'une douleur sincère. La nouvelle m'arriva à Londres. Je courus en toute hâte à l'hôtel Arlington. Il y avait dix ans que je n'avais revu mon pauvre frère. Et le retrouver en un tel état! Il avait été broyé sous les roues. Sa vue fendait le cœur! Oh! comme j'ai souffert de ne pouvoir lui sauver la vie! Il est mort en me pardonnant et en me recommandant les siens.

— Maintenant, Dorothée, reprit-il en s'animant, nous n'avons plus de soucis. Je suis riche, et cependant j'ai plus de chagrin que de joie d'être lord Arlington. Mais je suis

heureux à cause de toi, parce que je puis te récompenser
de tout ce que tu as fait pour moi.

— Mon cher Percy, dit Dorothée, je vois que tu as souffert : autrefois tu n'avais pas ces rides. Je regrette avec toi
la mort de ton frère, mais je suis contente que vous vous
soyez réconciliés. Comment sa famille supporte-t-elle cette
perte. Est-elle...

— Oh! répondit Percy, d'un ton légèrement sarcastique,
lady Keith Arlington supporte son malheur avec dignité,
comme cela convient à une femme du monde. Elle et ses
filles pourront vivre, même sans le comté, dans une brillante position, et le temps calmera leur douleur. Je leur ai
dit qu'elles pouvaient habiter le château à leur gré : rien
ne m'attire là-bas. Il faut m'accoutumer d'abord à ma
nouvelle position, surtout à l'attention des hommes qui
autrefois haussaient les épaules sur ma conduite. Mon
plus jeune frère Ralf, qui a beaucoup d'enfants, offre ses
hommages à lady Arlington.

— Comprends-tu, Dorrit, fit-il en souriant, c'est de toi
qu'il parle. Vois, tu es maintenant une grande dame dont
on cherche déjà à gagner les faveurs. Mais nous serons
prudents, et nous vivrons pour nous. Mon premier désir
est de rester avec toi dans ta chère Allemagne : y con-
sens-tu.

Elle ne répondit que par des larmes de joie.

On s'installa sans peine dans une des plus élégantes
maisons de Wurzbourg.

Lord Arlington s'occupait de tout, pensait à tout.

Et comme à notre époque, l'argent peut faire les choses
les plus extraordinaires, on eut bientôt trouvé tout ce qui
pouvait rendre la vie agréable et commode.

Le vieux professeur eut une chambre d'étude telle qu'il
n'en avait jamais rêvée dans les années de sa jeunesse.

Sans doute il ne pouvait plus étudier comme il faisait autrefois, mais il était heureux de se sentir exempt de tout souci, au milieu des merveilles qu'il avait désirées.

Ce changement de fortune fit sur Dolly une impression étrange.

L'avenir lui apparaissait sous un jour triste et incertain, et jamais l'orpheline ne s'était sentie si seule que maintenant. Il lui semblait même quelquefois qu'un mur de séparation s'élevait entre elle et sa chère mère Dorothée.

En réalité, celle-ci était très inquiète pour sa protégée. A chaque instant, elle exprimait ses craintes, même dans les heures d'intimité.

Lord Arlington aimait à causer et à raconter jusque bien avant dans la nuit. Les deux époux avaient tant à se dire! Naturellement le sort de Dolly jouait un grand rôle dans leurs conversations.

Un soir, Dorothée, jugeant le moment propice demanda avec intérêt :

— N'as-tu plus jamais entendu parler du père de Dolly? N'en as-tu aucune nouvelle?

— Non, répondit Percy, aucun de ses anciens compagnons que j'ai rencontrés n'a pu me renseigner; cependant, une circonstance l'a rappelé à ma mémoire. Le matin même où le propriétaire du « *Roi Richard* » se précipita dans ma chambre pour me dire : « Levez-vous milord, courez à l'hôtel Arlington : toute la maison est en émoi, » je me jetai dans un fiacre et passai devant une église où se trouvaient deux voitures. Un homme qui ressemblait à Flint parlait avec les cochers. Au premier moment, je crus que c'était lui, mais bientôt je m'aperçus que ce n'était qu'une faible ressemblance : cet homme devait être le courrier d'une famille noble. Au milieu de mes préoccupations, j'avais complètement perdu de vue cet incident : tu m'en

16

fais ressouvenir ; mais tu n'as rien à craindre. Il y a sans
doute longtemps que ce vaurien a disparu. Cet oiseau de
malheur ne reviendra pas après seize ans.

— A quoi avait-il été condamné ?

— A douze ans de déportation, — non, à quinze. Mais
n'y pensons plus. Nous n'avons rien à redouter pour notre
protégée. Dolly vit dans une heureuse ignorance sur ses
parents et ne se doute pas que son père est un vagabond.
Il est mort pour elle, et nous sommes ses père et mère.
Qui en sait quelque chose d'autre? Sans doute, vis-à-vis de
ma famille, je ne puis la faire passer pour ma fille. Eh
bien! la propriété seule va avec le nom : notre fortune
particulière suffit au bonheur de Dolly. Nous la doterons
richement : il nous sera plus facile de la marier, peut-être
dans ton pays. Elle est belle, charmante : elle ne man-
quera pas de prétendants, et son père adoptif, lord
Arlington, ouvrira les yeux, quand il s'agira de choisir
un gendre. Tu auras aussi ton mot à dire, c'est évident.
Mais pour le moment, nous n'avons pas à nous en occuper. J'aimerais mieux te faire connaître nos nouvelles relations et l'état de notre fortune.

Sa femme l'écoutait attentivement.

Elle se demandait s'il fallait parler de la conversation
qu'elle avait eue avec Clarence, mais pendant qu'elle se
consultait, son mari la mettait au courant des intérêts de
famille, et elle remit sa communication à un moment plus
favorable.

L'hiver arrivait à grands pas : les événements qui se
passaient en Italie, excitaient partout l'attention et Dolly
faisait la lecture des journaux à son grand-père.

C'est ainsi qu'on apprit l'attaque soudaine des Piémon-
tais à Castelfidardo où Lamoricière succombait, après un
combat acharné, aux forces supérieures de Cialdini.

Dolly avait les joues en feu, et son cœur battait vivement au récit de la bataille, mais elle ne soupçonnait pas combien cette bataille la touchait de près.

Elle admirait la vaillance et la fidélité de ces jeunes soldats qui étaient accourus de tous les coins du monde pour défendre, en fils dévoués, les droits du souverain Pontife : elle ne savait pas que, dans cette bataille, se trouvait celui que son cœur chérissait, et qu'il était tombé frappé d'une balle ennemie.

Dorothée se chargea de soigner Clarence (page 251)

CHAPITRE XXVII

Pour la troisième fois

Dans l'élégante demeure des Fairfax, la vie s'écoulait agréable : tous semblaient heureux et Dolly s'efforçait de l'être, mais ses pensées ne pouvaient s'attacher au présent.

A la vérité, ses rêves ne lui montraient pas son ami blessé dans une ambulance sous le ciel bleu d'Italie, mais ils le lui représentaient debout sur la hauteur dominant la vallée du Mein, et chantant de sa belle voix de ténor.

Ce temps avait disparu avec tout ce qui lui souriait alors. Son seul plaisir maintenant était de retrouver la solitude de sa chambre.

Cependant, lord Arlington semblait s'être donné pour tâche de répandre la joie autour des siens.

Son esprit, toujours en mouvement, lui laissait goûter peu de repos : il lui fallait du changement; un voyage, de temps à autre, était pour lui une nécessité.

Aussi rien ne peut peindre son bonheur lorsqu'un jour, ayant demandé à son beau-père s'il n'avait pas un désir à réaliser, celui-ci lui répondit :

— Depuis mes années d'étudiant, je désire voir Munich et le lac de Starnberg.

Pour lord Arlington, c'était de l'eau sur son moulin.

— Eh bien! répondit-il, vous verrez cette résidence aussi souvent que vous voudrez et nous habiterons au bord du lac de Starnberg. Nous vous y installerons au printemps prochain. Je partirai ces jours-ci pour louer une villa.

Ce qui fut dit, fut fait.

Lord Percy était heureux d'avoir un prétexte pour aller souvent à Munich.

Vers Noël surtout, il prétendit qu'il avait beaucoup à faire, et quand il revint la veille de la fête, son visage rayonnait de plaisir.

— Dorrit, dit-il à sa femme, dans ton pays on a coutume de faire un arbre de Noël : je vais donc m'en occuper. Mais je veux être seul à commander toute la journée. Vous resterez, toi et Dolly, en compagnie du grand-père, dans la salle d'étude.

Et il ferma le salon en souriant.

Aussitôt, il appela ses domestiques qui rivalisèrent de zèle pour exécuter ses ordres.

L'argent et les bonnes paroles furent la baguette magique employée pour transformer l'appartement en une grotte de lumières éblouissantes.

Enfin, quand la nuit commença, lord Arlington vint annoncer à la famille :

— L'Enfant Jésus est arrivé : chantez de joyeux Noël.

Au même moment, la clochette retentit, et Percy offrant le bras à sa femme conduisit les siens au salon, où un grand sapin était orné de girandoles, de bougies et de fruits dorés.

Mais parmi toutes les surprises, un tableau attirait surtout les regards de Dorothée et de Dolly, qui ne purent se défendre d'une vive émotion :

C'était le dessin de cette contrée d'Angleterre où circulait la maison roulante.

Oui, c'était cette peinture que l'année précédente Vivien Carré avait admirée au Musée. Elles reconnaissaient toute la scène, et Dolly rougit en apercevant son portrait.

Une seule personne avait pu peindre ce paysage, et son cœur lui en disait le nom.

Lord Arlington jouissait du ravissement général, et se frottait les mains de plaisir en pensant à la surprise qu'il leur préparait encore.

Ai-je bien organisé les choses? est-on content de moi?

— O cher Percy ! comment te remercier? Tu nous fais passer une soirée délicieuse.

— Attendez, attendez : voici le bouquet. Je vais mettre le couronnement à mon œuvre en vous présentant le peintre de ce tableau.

— Venez, Monsieur de Bracy, ajouta-t-il, saluer de vieux amis que vous avez déjà visités à Wurzbourg.

En disant ces mots, lord Arlington tira une des portières du salon, et le jeune homme parut.

Comme ancien acteur, Percy avait admirablement combiné cette scène, mais il ne s'attendait pas à la surprise qu'il occasionnait inconsciemment.

Pouvait-il deviner l'impression de Dolly ?

Clarence n'était plus que l'ombre de lui-même, et au lieu de pousser un cri de joie, la jeune fille n'eut qu'une expression de douloureuse épouvante.

Dorothée, elle-même, fut terrifiée, mais reprenant bientôt tout son sang-froid, elle tendit la main de cordial bienvenue à l'hôte qui s'avançait vers elle.

— Permettez-moi, dit Clarence, de venir me reposer un peu près de vous avant mon dernier grand voyage. Je n'ai pu résister au désir de vous revoir encore, et j'ai accepté l'aimable invitation de lord Percy.

Madame Dorothée comprit de suite ce qu'il voulait dire. Il paraissait si malade et si faible, lui autrefois si brillant de santé ! Cependant, elle feignit la gaieté et dit d'un ton gracieux :

— Oh ! combien je suis heureuse de vous revoir, Monsieur de Bracy ! vous vous remettrez promptement ici. Avez-vous été malade ?

— Blessé, s'écria lord Arlington sans laisser à Clarence le temps de répondre. Notre jeune ami a été blessé à Castelfidardo, et après être resté quelque temps en Italie, soigné dans un hôpital, il est arrivé, il y a peu de jours, à Munich, où je l'ai enfin retrouvé. Il a voulu résister, mais je l'ai forcé à venir.

Pendant ce temps, Clarence avait saisi la main de Dolly : elle ne la retira point, mais ne put dire aucune parole, tant la présence de cet hôte inattendu la remplissait d'émotion.

Mais lord Percy sut entretenir la conversation et parla pour Clarence.

Il raconta qu'il avait vu, à la Pinacothèque, le tableau qui lui avait rappelé une scène de sa vie passée et qu'aussitôt il avait résolu de rendre à Monsieur de Bracy la visite qu'il leur avait faite à Wurzbourg.

Pendant ce temps, Clarence avait saisi la main de Dolly (page 248)

Madame Dorothée lui en avait naturellement parlé, mais sans rien dire de l'inquiétude qui l'avait dévorée en voyant naître l'affection de Clarence pour Dolly.

Sans se douter de cet incident, Percy avait voulu acquérir le tableau pour surprendre les siens et pour en orner son château, et de plus il avait voulu retrouver le jeune peintre.

Après bien des démarches, il avait appris son départ pour l'Italie, son séjour dans une ambulance, et son retour à Munich pour se faire soigner dans son ancien domicile.

Aussitôt, il était allé l'inviter avec instance, et le jeune de Bracy, heureux de voir quelqu'un penser pour lui, avait accepté l'hospitalité si cordialement offerte.

— Papa Percy n'a-t-il pas bien agi? répétait lord Arlington avec complaisance en terminant son récit.

Sa bonne humeur animait tout le monde, et Clarence faisait des efforts surhumains pour cacher sa faiblesse.

Mais rien n'échappait à l'œil perçant de Dolly, dont la joie était rongée d'inquiétude.

Ses craintes, hélas! se réalisèrent bientôt.

Brisé par toutes les émotions de la journée, le jeune homme demanda à monter dans sa chambre, et quand, une heure après, lord Percy alla prendre de ses nouvelles, il le trouva sans connaissance.

Le médecin, appelé en toute hâte, déclara que c'était la fièvre typhoïde, et la chambre du malade fut interdite à Dolly.

Dorothée se chargea de soigner Clarence, et lord Arlington écrivit à lady Flavie.

Avant la crise du neuvième jour, toute la famille de Bracy arriva à Wurzbourg.

Malgré ses instantes prières, Amy ne put voir son frère, et elle tint compagnie à Dolly et au grand-père.

Il y eut bientôt entre les deux jeunes filles la plus grande sympathie.

Lady Flavie, dans les heures d'angoisses qu'elle passa au chevet du malade, devina facilement le secret de Clarence : elle avait vu Dolly et lu dans les beaux yeux de la modeste et gracieuse jeune fille.

En la voyant si accomplie, si dévouée, elle comprit le motif du refus de son fils, et fut persuadée que le changement de situation dans la vie de Percy renversait l'obstacle le plus sérieux.

Et même quand on lui apprit que Dolly n'était qu'une fille adoptive, elle se promit de consentir au choix de Clarence.

Après des nuits d'insomnie et de crainte, une crise salutaire se déclara et le danger fut éloigné.

Clarence guérit, mais la convalescence dura longtemps.

Le jour ariva enfin où il put, pour la première fois, se promener dans le jardin avec toute la famille, et jusqu'à la cathédrale où il avait aperçu Dolly quelques années auparavant, et où, maintenant, il remerciait Dieu avec elle pour sa guérison.

Lady Flavie les considérait, plongés dans leur pieuse dévotion, et souriait avec cet amour maternel qui ne laisse aucune place à la jalousie.

— Eh bien ! Clarence, dit-elle le soir à son fils, ai-je deviné ton secret ? Ah ! tu n'as pas à rougir de ton choix, et je t'assure que nous ne mettrons aucun obstacle à ton bonheur, si tu aimes véritablement la pauvre orpheline.

— Oh ! ma mère ! tu sais donc tout ? connais-tu toute l'histoire de celle à qui j'ai donné mon affection pour toujours ?

Et Clarence raconta à sa mère tout ce qu'il savait de Dolly.

Lady Flavie fut effrayée : elle ne s'était pas attendue à une telle nouvelle. Elle se souvint alors des paroles qu'elle avait autrefois prononcées :

— Mon fils choisira lui-même sa fiancée, et nous l'élèverons de manière à pouvoir nous enorgueillir de son choix.

Pouvait-elle donc en être fière, puisqu'il avait choisi la fille d'un vagabond ?

Clarence lut sa sentence dans les yeux de sa mère.

— Je le savais bien, dit-il tristement : c'est impossible. D'ailleurs je ne suis venu ici que pour la voir encore une fois et lui dire un dernier adieu.

Madame de Bracy était très émue. Elle se disait que son fils avait été sur le point de lui être enlevé et qu'elle s'était promis d'aimer Dolly comme sa fille; mais, ce qu'elle venait d'apprendre lui enlevait tout son calme. Il fallait d'abord en parler à son mari avant de prendre une décision.

— Ecoute, Clarence, reprit-elle après quelques instants, nous ne voulons pas être injustes envers toi. Nous te laissons toujours ta liberté. Cependant, malgré toute l'affection que tu as pour Dolly, il nous semble que dans les circonstances présentes, il faut redoubler de prudence. Tu as besoin de soigner et de fortifier ta santé. Dolly va nous accompagner en Angleterre pour tenir compagnie à Amy, tandis que toi, sur l'invitation des Arlington, tu iras avec eux au lac de Starnberg. Pendant ce temps, nous apprendrons à mieux connaître Dolly. Si, après cette épreuve, vous avez toujours tous deux la même pensée, rien ne s'opposera plus à votre bonheur et nos bénédictions vous accompagneront.

Soudain, elles virent un homme à l'aspect sinistre (page 258)

CHAPITRE XXVIII

L'heure de la réparation

Le parc de Lytonhall avait revêtu les magnificences de l'été ; les arbres se couvraient de leur riche parure ; les oiseaux gazouillaient dans les branches : tout annonçait la joie et le contentement.

Seul, au milieu de cette atmosphère de bonheur, le châtelain, assis dans sa chaise roulante, se sentait envahi par la tristesse.

Toute cette immense propriété que sa ruse lui avait acquise était à lui.

Il avait des trésors et de grandes possessions, mais la

paix du cœur lui manquait : il était rongé par le remords et la douleur.

Il se désolait de la tournure que les choses avaient prise, et surtout de la froideur et du manque d'égards de Ricarda qui lui avait fait l'affront de fuir la maison paternelle.

Il lui avait pardonné; il l'avait suppliée de revenir, mais elle s'y était refusée en insistant pour qu'il vînt à Wiesbaden.

Il pensait y aller en automne; et, en attendant, il envoyait de grosses sommes au baron et à la baronne de Steinecken, ne gardant pour lui que l'ennui.

Pendant le temps que la famille de Bracy avait passé en Allemagne, il avait été complètement seul. Il pensait que maintenant sa solitude serait plus égayée, car le cottage avait repris son animation.

Jamais, peut-être, le colonel n'avait cultivé son jardin et ses fleurs avec plus de sollicitude.

Ne devait-il pas offrir tous les jours, à trois dames, les plus beaux bouquets !

Il avait toujours été très attentif envers sa femme et sa fille, mais aujourd'hui, il entourait particulièrement de ses hommages sa future belle-fille : c'est ainsi qu'il nommait Dolly, dont les douces qualités avaient conquis son cœur chevaleresque; et, depuis longtemps, il avait jugé que le temps d'épreuve se terminerait par des fiançailles dès que Clarence serait revenu.

La vieille abbaye deviendrait ce qu'elle voudrait : on pouvait être heureux sans elle.

Clarence était en voie de devenir un homme célèbre, et ses tableaux lui rapportaient de quoi vivre confortablement.

Le seul point noir, dans l'avenir, était le père de Dolly.

Il pouvait se faire qu'un jour il reparût.

Cependant, le colonel se consolait en pensant que cet homme était probablement mort dans sa prison.

Dolly n'avait jamais entendu parler de la condamnation de son père : elle savait seulement qu'il était allé à Sydney et que l'on n'avait plus de ses nouvelles.

Elle vivait donc heureuse avec la sœur de Clarence : toutes deux se comprenaient bien et goûtaient avec bonheur les plaisirs de la vie de campagne.

— Hyde-Park est beau, disait Amy, mais notre chère vallée de Lyton est cent fois plus belle. Aller à cheval, parcourir toute cette ravissante contrée, m'asseoir au pied des arbres géants du parc, cela vaut pour moi toutes les joies du grand monde.

Les deux amies passaient presque toutes leurs après-midi au grand air.

Un jour de juin, Amy revenait d'une visite qu'elle avait faite à l'un de ses filleuls, dans une ferme, et elle riait avec Dolly de la gentillesse du petit garçon.

On cueillait des fleurs en courant dans les prairies, sans faire attention à l'orage menaçant qui s'approchait.

Tout à coup, un éclair de feu épouvanta les deux jeunes filles.

— Vite, Dolly ! s'écria sa compagne ; la tempête va nous surprendre !

Rapides comme des gazelles, elles prirent un sentier de traverse, mais ne purent échapper à la pluie.

— Nous allons être inondées avant d'arriver au cottage, dit Dolly en riant. Prends mon manteau, Amy : un peu d'eau ne me fait pas peur !

— A moi, non plus, reprit Miss Bracy : je suis une enfant de la campagne ; ce n'est pas la première fois que je suis mouillée. Du reste nous arrivons.

On apercevait la maison à travers les arbres, et elles n'avaient plus qu'un bout de route à faire.

Soudain, elles virent un homme à l'aspect sinistre, dont les vêtements trahissaient la misère.

Amy ne le connaissait pas : ce devait être un étranger.

Il salua les dames d'un geste un peu gauche et leur demanda le chemin de la ferme de Mistress Merlitt.

— Suivez le sentier jusqu'au village : à droite est la maison Merlitt; mais, il y a encore passablement loin. Il vaut mieux que vous attendiez la fin de l'orage : entrez un instant dans le vestibule, ajouta-t-elle, guidée par son bon cœur, et sans songer à une imprudence.

L'homme n'attendit pas une deuxième invitation, et il la suivit en murmurant quelques mots de remerciement.

Un domestique accourut au devant des dames.

— Dick, fais entrer cet homme à l'office; il y attendra que la tempête soit passée, dit Amy.

— Je vous remercie de votre bonté, miss, répondit l'étranger qui releva la tête et fixa les yeux sur Dolly.

— J'ai l'honneur d'être dans la maison du colonel de Bracy, sans doute, ajouta-t-il, et voici...

Il s'arrêta tout à coup.

— Comme elle lui ressemble ! pensa l'inconnu.

Et avant qu'une des jeunes filles eût pu répondre, il reprit en s'adressant à Dolly.

— N'êtes-vous pas Miss Fairfax ?

Dolly sentit un frisson dans tous ses membres.

La voix de cet homme, ses traits si durs et cependant bienveillants pour le moment, firent sur elle une impression particulière.

En vain le domestique avait-il ouvert la porte de l'appartement; Dolly était comme clouée au sol, et Amy se tenait à côté d'elle.

— Désirez-vous quelque chose de Miss Fairfax? dit rapidement celle-ci en faisant signe au domestique d'aller chercher le colonel.

— Oui, Miss, j'aimerais qu'elle se souvînt de moi.

— O mon trésor, que tu es devenue belle ! reprit-il, et il commença à chantonner une mélodie.

— Ne te rappelles-tu pas, Dorling, de celui qui chantait ainsi?

— O mon père! s'écria Dolly les yeux humides. Mon père, est-ce vraiment toi?

— Ah! tu me reconnais, ma chère enfant? et tu n'as pas honte de moi? continua-t-il en lui prenant la main qu'il couvrit de baiser, tandis qu'il regardait Dolly avec tendresse.

Il n'osait pas la presser dans ses bras.

— Qu'est-ce que tout cela? cria le colonel qui arrivait précipitamment, et devinait ce qui s'était passé. Que signifie?

Mais il était trop bon officier pour se laisser surprendre.

— Entrez chez moi, mon ami, dit-il avec une grande présence d'esprit. Vous vouliez parler au colonel de Bracy: c'est moi, et je suis à votre service.

— Comment, Mesdames? reprit-il, vous êtes mouillées? Dépêchez-vous, mes enfants, d'aller changer de vêtements : vous allez vous refroidir.

— Oui, Dorling, suis ce bon conseil, dit l'étranger à Dolly qui tenait toujours sa main.

— C'est mon père qui est de retour, ajouta la jeune fille en se tournant vers le colonel.

Celui-ci devint livides et ses soupçons l'auraient mis sans doute hors de lui, si le voyageur n'eût dit rapidement :

— Je viens du lac de Starnberg.

— Vous venez du lac de Starnberg?

— Oui ! lord Arlington m'a conseillé de m'adresser à
vous ; mais la pluie, et la bonté de Miss Bracy m'ont con-
duit à mon but plus tôt que je ne le pensais. Veuillez donc
m'excuser de me présenter dans un accoutrement pareil.

Et il montrait ses vêtements couverts de poussière et de
pluie.

Pour chasser le cauchemar qui l'oppressait, le colonel
jugea à propos de l'interroger.

— Vous venez du lac de Starnberg ? vous allez nous en
donner des nouvelles en détail. Mais, d'abord, il faut changer de vêtements. Suivez-moi dans ma chambre ; nous
verrons ces dames plus tard. Amy, aie soin de Dolly.

Quelques minutes plus tard, le colonel se trouva de nouveau avec son hôte importun.

Ce dernier lui raconta en quelques mots qu'en revenant
d'un voyage d'outre-mer, il avait longtemps cherché
inutilement son ami d'autrefois, Percy Fairfax, et qu'enfin
ayant appris que Percy était devenu lord Arlington, il
avait facilement trouvé sa résidence.

— Malheureusement, ajouta-t-il, j'arrivai trop tard
pour voir ma fille et je suis parti de suite pour l'Angleterre. Je ne voulais venir au cottage qu'après avoir parlé à
Mistress Merlitt, avec laquelle j'ai une affaire importante à
régler.

Pendant ce temps, la pauvre Dolly, pâle d'émotion,
était assise auprès de lady Flavie, en proie aux sentiments
les plus contradictoires.

Ce retour imprévu l'avait plus abattue que réjouie, et
elle prévoyait les soucis que lui causerait cet homme
qu'elle devait appeler son père.

Mais enfin, c'était son père ! Tout pauvre qu'il était,
quelque bas qu'il fût tombé, son enfant lui appartenait et
il ne devait pas être privé de son affection.

Elle s'efforçait de se rappeler ce sombre visage qui lui souriait, tandis que deux bras la soulevaient courageusement dans l'air.

Elle voyait son père la promener doucement sur un grand navire qui dansait sur une immense étendue d'eau, tandis que les vagues mugissaient autour de lui. Effrayée, elle se serrait contre sa poitrine, et pour la calmer, il lui chantait cette romance qu'elle n'avait plus entendue depuis, et qui lui rappelait la bonté de cet homme.

Non, elle ne pouvait le renier : elle ne pouvait être ingrate, et elle n'en eut point la peine, lorsque plus tard dans la chambre du colonel, elle apprit toute la vérité.

— Ainsi tu ne rougis pas de moi, ma chérie? demanda le voyageur. Tu me permets de baiser ton front innocent, à moi, un déporté, qui ai eu pendant des années la livrée du forçat? je craignais de te voir détourner ton visage avec mépris, et tu me regardes comme l'ange de la douceur. Mais tu es pâle, mon enfant. Ne perds pas courage; ne te repens pas d'avoir été bonne pour moi. Je réparerai tout : aie patience.

Dolly était vraiment pâle comme une morte.

C'était la première fois qu'elle entendait dire que son père avait été condamné à la déportation.

Il lui semblait que la terre se dérobait sous ses pieds, qu'elle s'ouvrait pour engloutir tout son bonheur.

Elle comprenait qu'elle ne pouvait plus être la fiancée de Clarence, un membre de la famille de Bracy.

Malgré toutes ses anxiétés, malgré toute sa douleur, ses lèvres ne proférèrent ni une plainte ni un reproche, mais ses yeux étaient remplis d'une immense tristesse.

— Je vois, dit l'étranger, que Fairfax a été fidèle. Il ne t'a jamais parlé de ma condamnation. Je vais donc te dire toute la vérité.

Il parut se recueillir, et reprit :

— Oui, j'ai été coupable. J'avais prêté mon aide à la banque d'Angleterre, et j'étais parvenu à fabriquer des billets aussi beaux que les siens. Pour cela, on m'a envoyé quinze ans dans les pays d'outre-mer. Tu sais maintenant pourquoi j'ai dû t'abandonner.

Il s'arrêta un instant et dit plus bas :

— Me condamnes-tu au moment où tu connais mon crime? dit-il en attendant sa réponse avec inquiétude.

— Il ne convient pas à un enfant de condamner son père, répondit Dolly d'une voix tremblante. Je m'efforcerai de faire mon devoir quelque pénible qu'il puisse être.

— Ma chère enfant, tu as un noble cœur. Tu es encore meilleure et plus belle que ta mère. Mais tu ne connais jusqu'ici que la moitié de la vérité. Encore quelques heures et tu sauras tout. Va te reposer un peu; tu en as besoin. Bientôt tu béniras Flint, le pauvre condamné.

Il se précipita dans le parc comme s'il n'avait pas une minute à perdre.

La pluie ne tombait plus, l'orage avait passé et le soleil couchant répandait ses rayons sur la contrée.

D'un pas rapide, il se dirigea vers la ferme de Merlitt.

Mercédès était gravement malade; la phthisie avait pris la semaine précédente un caractère dangereux, et l'on attendait sa fin prochaine.

Elle ne parlait à personne et ne souffrait que les visites d'Amy de Bracy.

Celle-ci, chargée par sa mère d'une commission pour son oncle Carré, avait quitté le cottage à la fin de la tempête, et fait un petit détour pour voir la malade. Elle la trouva en proie à une grande surexcitation et ne put se dispenser de rester, parce que, suivant son habitude, Mercédès la suppliait de lui parler de Ricarda.

— Lui avez-vous écrit que j'étais mourante, Miss Amy? sanglota-t-elle en dardant sur la jeune fille ses yeux brûlants de fièvre; et, connaissant mon état, refuse-t-elle toujours de revenir?

— Ma bonne dame Merlitt, Ricarda prétend qu'il lui est impossible de faire actuellement le voyage d'Angleterre : plus tard ce sera plus facile. Prenez donc patience et ne vous agitez pas ainsi si vous voulez être guérie quand elle reviendra.

— Plus tard! prendre patience! Mais je n'en ai pas le temps, ma chère Miss : la mort arrive; et, si elle tarde, je serai morte quand elle reviendra. Je le sais, je le sens! et je dois parler avant de mourir. Ricarda ne le comprend-elle donc pas?

La malade continua après s'être reposée quelques secondes :

— Ah! elle n'a point pitié de moi! Ma faute a empoisonné toute mon existence. Je souffre atrocement, Miss. Les morts viennent au-devant de moi et m'accusent! Ils me conjurent de parler, d'avouer! Je ne puis cependant pas trahir Ricarda, quoique le secret prépare à mon âme des maux infinis; peu-être, si elle était ici, me dirait-elle ce qu'il faut faire ?

— Chère Mercédès, dit Amy avec douceur, si votre âme se sent oppressée, acceptez la visite de notre bon curé : il a déjà demandé si souvent de vos nouvelles! et il serait si heureux de vous consoler!

— Oh! non, je ne puis le voir : il ne peut pas m'aider; je ne veux rien avouer; je n'ai rien à lui dire.

— O Ricarda! ajouta-t-elle comme dans le délire, je t'ai refusé les dernières consolations du prêtre; elles me seront refusées à moi-même.

Amy ne comprenait qu'à moitié.

Elle chercha, selon ses moyens, à faire renaître la paix et la tranquillité dans le cœur de la malade.

Mercédès hésitait à répondre, luttant avec elle-même; mais bientôt son regard s'assombrit, et d'une voix caverneuse elle s'écria :

— Non, non; je ne veux point de prêtre : je n'ai rien à lui dire. J'emporterai mon secret dans la tombe; cela vaudra mieux ainsi.

Amy la regarda avec tristesse.

Mercédès se retourna brusquement vers la muraille pour éviter son regard.

Soudain la sonnette de la porte retentit vigoureusement. La malade en fut terrifiée, et la servante, en courant ouvrir, vit sur le seuil un étranger qui demanda à parler à madame Merlitt.

Elle eut beau lui dire que celle-ci était malade et ne pouvait voir personne : l'homme la poussa de côté et grimpa l'escalier.

Il connaissait le chemin; quelques jours avant le départ de Ricarda, il avait fait une visite à Mercédès qu'il avait rencontrée en ville.

Au moment où il ouvrait la porte, Amy vint au-devant de lui.

— Monsieur Merlitt n'est pas ici, dit-elle rapidement, et Madame est malade; il n'est pas possible de lui parler en ce moment.

— Je le sais! répondit-il, en avançant.

— N'entrez pas, je vous en prie, dit Amy.

— Pardon, Miss de Bracy : je viens précisément pour lui parler.

— Mais qui êtes-vous donc pour forcer ainsi la porte de la malade?

— Je suis son frère!

— Gennaro! cria Mercédès qui avait reconnu la voix. Gennaro! que veux-tu? ne t'ai-je pas donné assez d'argent? Pourquoi viens-tu?

— Pour parler avec toi de choses sérieuses, ma sœur : il en est grand temps, me paraît-il.

Gennaro Flint jeta sur la malade un regard pénétrant, qui la fit tressaillir.

— Assieds-toi près de moi, Gennaro, dit-elle tout bas. Ne parle qu'à moi.

Amy fit signe à la servante.

— Restez dans la chambre voisine : je dois partir dans un instant.

Gennaro s'approcha respectueusement.

— Ayez l'obligeance de renvoyer la gardienne, dit-il, et soyez témoin de notre entretien.

— Mais, ce sera sans doute des secrets qui ne me regardent pas?

— Je vous assure, au contraire, Miss, qu'ils seront d'un grand intérêt pour toute votre famille, et pour tous ceux que vous aimez.

— Gennaro, soupira la malade, que veux-tu dire?

— La vérité, Mercédès, toute la vérité, espérant que tu agiras de même en reconnaissant ta faute; il en est encore temps.

— Je ne reconnaîtrai rien, Gennaro.

— Tu ne dois pas mourir avant d'avoir révélé ta fourberie : on la connaîtra pourtant un jour, et il vaut mieux que ce soit tout de suite.

— On ne croira pas un déporté ni un faussaire, répondit Mercédès, et je me tairai.

— Même si l'enfant de Ricarda vit encore? même si elle réclame ses droits dont tu as voulu la dépouiller criminellement? Même si elle vient te supplier elle-même de lui rendre sa famille?

Les yeux de Mercédès semblèrent sortir de leur orbite, et la coupable femme fixa sur son frère un regard épouvanté.

— Malheureuse! continua celui-ci en appuyant sur chaque mot : tu t'es prise dans tes propres filets; il faut en finir.

— Comment cela, Gennaro?

— L'enfant que tu as laissée en Espagne, tandis que tu apportais la tienne en Angleterre pour la faire passer pour la véritable héritière de Lytonhall, cette enfant vécut dans l'indigence chez nos parents, mais elle ne mourut point.

— Elle n'est donc pas morte?

— Quand j'y revins bientôt après ton départ, continua-t-il sans tenir compte de l'interruption, je l'y trouvai, et je n'eus pas de peine à reconnaître la fille de Ricarda. Indigné de ta fourberie, je pris l'orpheline et l'emportai sur un vaisseau sans rien révéler. Les vauriens à qui tu avais confié l'enfant redoutèrent de t'écrire la vérité; ils préférèrent continuer à recevoir l'argent que tu leur envoyais ; mais, quand ils apprirent que tu avais l'intention de revenir, ils t'annoncèrent que l'enfant était morte, et tu les as crus.

— Oh! dit Mercédès, le ciel est juste!

— Pendant ce temps, la fille de Vivien Carré était auprès de moi. J'en ai pris soin autant qu'il m'a été possible dans ce long voyage pour l'Angleterre. Mon intention était de découvrir le lieu de ton séjour, et celui de Monsieur Carré : je voulais lui remettre son enfant et faire connaître ta supercherie. Mais à peine sur le sol anglais, on m'arrêta comme complice de faussaires et je fus condamné.

— Pourquoi es-tu revenu? Gennaro.

— De braves gens recueillirent l'orpheline, croyant que c'était mon enfant. Une noble femme, qui ne savait même pas mon nom, fut pour elle une bonne mère et l'éleva comme sa fille.

— Et cette fille, la véritable Ricarda Carré vit encore? demanda Mercédès sans penser qu'elle trahissait son secret.

— Remarquez, Miss de Bracy, l'aveu que ma sœur vient de faire, dit Gennaro qui se retournant vers la malade, ajouta :

— Oui, Mercédès, la fille de notre pauvre Ricarda et de Monsieur Carré vit encore : je l'amènerai ici, et nous verrons si tu auras le courage de nier ton mensonge devant ta victime innocente.

— O Gennaro, amène-la, murmura Mercédès, je veux la voir. Si ce que tu dis est vrai, si la fille de Ricarda est vivante, alors...

La malade retomba la tête sur les coussins et Amy s'empressa de lui porter secours, tandis que Gennaro, n'ayant plus aucune précaution à prendre, envoyait chercher le notaire et le curé.

— Tu es cruel pour moi, lui dit sa sœur quand il revint; pour moi et pour ma fille qui est ta nièce.

— Ecoute, Mercédès, reprit-il plus doucement en s'asseyant : c'est toi qui as fait tout le mal, c'est à toi à le réparer autant que possible. J'avais promis à Ricarda mourante de protéger son enfant; j'ai tenu parole. Gennaro, je le sais, est un forçat libéré; mais aujourd'hui il agit en honnête homme.

— Je vais chez Vivien Carré, reprit-il après s'être recueilli un instant. Il m'en coûte de faire cette démarche, mais elle est nécessaire. Résigne-toi donc, Mercédès, et fais des aveux complets.

— J'y suis toute disposée, si tu me promets que ma fille n'aura pas à souffrir par ma faute, et qu'on lui apprendra mon secret avec ménagement. Cette inquiétude me met au désespoir.

— C'est inutile, Mercédès, ta fille saura bien se tirer de ce mauvais pas.

— Ah! Gennaro, tu ne sais pas combien je l'aime et combien je la désire. Quand elle saura tout, elle ne reviendra plus.

— En attendant, il vaut mieux qu'elle reste où elle est; mais pour te tranquilliser, je te promets que je lui donnerai, au temps propice, les explications nécessaires. Je la connais.

— Comment la connais-tu ?

— J'ai été un des témoins de son mariage.

— On croirait un roman inventé à plaisir, dit Mercédès. Gennaro poursuivit :

— Le baron Steinecken cherchait un témoin à Londres, je me suis présenté, sans soupçonner qu'il s'agissait de ma nièce. Je ne l'ai reconnue que dans l'église et j'ai gardé le silence. Diras-tu que j'ai été cruel envers vous? Ta fille est maintenant la femme d'un homme distingué que les parents ne laisseront pas dans l'embarras. C'est un grand bonheur pour elle.

— Oh! sanglota Mercédès, c'est Clarence de Bracy qu'elle aurait dû épouser, car...

— Non, interrompit brièvement Gennaro : il épousera la légitime héritière de Lytonhall. Sans la connaître, il a choisi la véritable Ricarda qui se trouve déjà au cottage et qui est sa fiancée.

— O justice de Dieu, s'écria la malade.

— Gennaro, disait-elle, je me sens condamnée. Il ne me reste qu'à faire l'aveu de mon crime. Va chez Vivien Carré et dis-lui tout. Fais venir le prêtre et le notaire avant qu'il ne soit trop tard ; je suis maintenant disposée à faire connaître la vérité tout entière.

Amy se trouvait déjà sur le chemin du cottage, et à la même heure, Dolly à genoux devant lady Flavie, lui racontait, les yeux en pleurs, ce qui lui était arrivé et lui disait tous ses regrets.

— Vous avez été trop bonne pour moi, disait-elle humblement. Vous, Madame, Monsieur de Bracy, Amy, tous, vous m'avez comblée de prévenances, moi l'enfant d'un vagabond ; mais la fille du forçat abuserait de vos bienfaits si elle restait plus longtemps et empêchait ainsi le retour de votre fils.

— Ne précipitons rien, mon enfant, dit doucement lady Flavie.

— Je rends à Clarence sa parole, reprit courageusement Dolly. Je sais que vous l'attendez bientôt. Permettez donc que je vous quitte demain : j'appartiens à mon père : il me conduira en Allemagne, près de lady Arlington à laquelle, si j'ai bien compris, il en a déjà parlé.

Les larmes avaient souvent entrecoupé la voix de Dolly pendant qu'elle parlait.

Dans son trouble, elle ne remarqua pas que la mère de Clarence ne paraissait pas surprise.

Lady Flavie la laissa parler, et serrant la pauvre enfant dans ses bras :

— Ce que tu as appris aujourd'hui, lui dit-elle, nous le savions depuis longtemps, Clarence et moi.

— Comment est-ce possible? s'écria Dolly étonnée. Vous connaissiez l'histoire de mon père? et cependant...

— Et cependant Clarence t'a choisie pour sa fiancée! dit

Madame de Bracy en souriant. Aujourd'hui, mon mari et moi, nous ratifions son choix. Je ne veux pas te cacher que jusqu'ici j'ai hésité, parce que je voulais t'éprouver, mais ton amour filial m'a fait connaître ton bon cœur. Tu as fait honneur à ta noble et généreuse institutrice, lady Arlington, et nous t'accueillons avec joie comme notre fille.

— Quant à ce qui regarde ton père, ajouta lady Flavie, laisse à mon mari le soin de tout arranger. Maintenant, pas un mot de plus sur cette triste affaire. Dans quelques jours, Clarence viendra te demander de tenir ta promesse. Il a sans doute appris l'intention de Flint de te chercher ici, et je ne serais pas étonnée qu'il arrivât plus tôt que nous ne l'attendons.

Cette supposition se réalisa.

Inquiet de sa fiancée, Clarence s'était mis immédiatement en route et frappait à la porte du cottage pendant le sérieux entretien des deux femmes et avant même le retour de Flint.

Dès que Dolly l'aperçut, elle fut rassurée.

— Aucune puissance humaine ne pourra plus nous séparer, dit Clarence en lui tendant la main. Me permettras-tu de te conduire à l'autel dès que les Arlington seront arrivés?

— Ton pays sera le mien, répondit Dolly rayonnante de bonheur; ta famille sera la mienne.

Tandis que les derniers rayons du soleil filtraient à travers les fenêtres de la vieille abbaye, le châtelain était seul dans son appartement.

Gennaro n'eut donc pas beaucoup de peine à pénétrer jusqu'à lui.

— Pour l'amour de Ricarda, lui dit-il, de cette chère

Ricarda que nous avons aimée tous deux en Espagne, je vous cherche et vous amène votre fille.

— Toutes ces années passées, ajouta l'oncle de la fausse Ricarda, vous avez été victime d'une fourberie. Ma sœur Mercédès vous a indignement trompé.

Et Gennaro raconta toute l'histoire des intrigues et leur dénouement imprévu.

En présence du prêtre, du notaire et des témoins, Mercédès fit des aveux complets, et mourut sans avoir revu la fille ingrate à laquelle elle avait sacrifié toute son existence.

— Vous me connaissez, Madame, dit l'homme en ôtant son chapeau (page 277)

CHAPITRE XXIX

Déception et bonheur

Dans le bois de la Cambre, près de Bruxelles, chevauchait une nombreuse société dont une belle jeune femme en grande toilette formait le centre.

D'élégants cavaliers l'entouraient et lui offraient leurs hommages.

Un seul faisait exception : c'était son mari, le baron Théodore de Steinecken qui marchait à côté d'une autre jeune dame.

La vie ne semblait pas avoir apporté de grands soucis au noble baron.

— Quand reviendra votre frère de son excursion mari-
time avec lord Saint-Eval? demanda la dame. J'ai lu ces
jours-ci que le yacht était en vue devant Rincardine?

Une ombre glissa sur le visage du baron.

— Je crois que c'est une erreur, répondit-il. On ne l'attend qu'au mois d'août.

— Serez-vous à Londres pour la saison?

— Non, Madame, nous pensons aller à Ostende pour y
rencontrer mon frère. Ma femme a besoin de l'air de la
mer, et Ostende offre beaucoup de distractions : la vie y
est agréable.

— Ne trouvez-vous pas Bruxelles élégant?

— Quand vous y êtes, comtesse, mais je préfère Paris,
Vienne et même Berlin.

Un éclat de rire de la baronne Steinecken interrompit
la conversation.

— Ah! voilà mon mari qui s'enthousiasme de nouveau
pour Vienne, Berlin et Paris? J'ai passé l'hiver dans cette
dernière ville et j'en ai été fatiguée. Je me promets à Vienne
plus d'agrément.

— C'est là que vous passerez l'hiver? demanda un
jeune diplomate allemand.

— Je le pense; mais nous irons d'abord à Ostende rejoindre mon frère que nous accompagnerons à Wiesbaden; et de là, nous visiterons les capitales de l'Allemagne avant de retourner en Silésie. Au Carnaval nous
serons à Vienne.

— Ah! j'en suis heureux, d'autant plus que j'espère
être attaché à l'ambassade de Vienne.

— Ainsi vous abandonnez complètement l'Angleterre,
Madame, dit un autre cavalier.

— Tout à fait, répondit la baronne avec son plus charmant sourire. La vieille abbaye de Lyton est très en-

nuyeuse; le château est à l'ancienne mode; on va le rebâtir
en construisant beaucoup de chambres d'amis. Nous n'y
retournerons pas avant. Peut-être la prochaine saison
nous verra-t-elle à Londres.

Ainsi se croisaient les conversations, tandis que la
petite société longeant l'étang, s'avançait vers une magnifique allée où stationnaient les équipages.

Bientôt les calèches roulèrent vers la forêt de Soignies.

Malgré les attentions dont elle était l'objet, la baronne
Steinecken semblait distraite.

De temps en temps, elle jetait à son mari un regard
rapide, qui n'avait rien de rassurant.

Mais celui-ci n'en interrompait point sa conversation. Il
s'agissait pour lui d'une gageure à propos d'un cheval
qu'il avait acheté.

— Je crains, Théodore, que tu ne perdes ton argent et
ton cheval, dit Ricarda d'un air de mépris. Cette bête ne
vaut rien!

On discuta longtemps le pour et le contre et l'on revint
en ville.

Les Steinecken avaient leur habitation dans le quartier
Léopold.

Tous leurs appartements, même pour un séjour passager, étaient du dernier confortable.

Des domestiques bien stylés cherchaient à deviner les
pensées de leurs maîtres. On vivait en grand seigneur:
c'était Monsieur Carré qui payait.

Ah! le baron Steinecken ne s'était pas montré timide
dans l'usage de la lettre de crédit illimité.

Les chèques, que Ricarda avait emportés avec elle,
étaient épuisés depuis longtemps, à son grand désespoir:
elle avait besoin de beaucoup d'argent et elle ne voyait pas

d'un œil indifférent que son mari ne savait pas se restreindre.

Elle trouvait que les dépenses du baron n'étaient pas en rapport avec les revenus des propriétés.

Sans doute, il avait souvent assez d'argent, mais son intendant lui servait ses rentes d'une manière très irrégulière, tandis que le baron était ponctuel pour se faire envoyer des chèques importants de Lytonhall.

Le cas s'était représenté aujourd'hui, et Ricarda, rentrée de la promenade, laissait libre cours à sa mauvaise humeur.

La gageure insensée que le baron avait faite, la mettait hors d'elle-même. Aussi à peine fut-elle seule avec lui, qu'elle l'accabla de reproches.

Jusqu'à présent elle ne l'avait fait que rarement, sentant bien qu'un jour dévoilerait son secret et l'exposerait à la colère de son mari.

D'un autre côté, elle craignait de voir tarir la source de Lytonhall avant d'avoir pu préparer son avenir, car elle ne voulait pas dépendre de la libéralité du baron.

Ils s'aimaient cependant encore, mais d'une façon égoïste.

Irritée de la nouvelle dette de son mari, Ricarda lui reprocha d'être un dissipateur.

— Etait-ce donc une économie de ta part d'acheter cette nouvelle rivière de diamants? répondit-il en haussant les épaules. Quand on habite une maison de verre, il ne faut pas jeter de pierres à son voisin. A quoi bon tout ce tapage? Papa Carré dépense si peu pour lui-même que ses enfants peuvent bien se donner quelques plaisirs. Je vais à mon cercle : cela me fatigue de t'entendre sermonner. J'espère, à mon retour, te trouver mieux disposée. Fais ta toilette, cela t'égaiera et je viendrai te prendre pour le souper.

D'un air insouciant, il prit son chapeau et partit.

Ricarda suivit le conseil de son mari et donna toutes ses pensées à sa toilette.

Ceci la calmait un peu en la distrayant et les heures s'écoulèrent rapidement pendant cette occupation.

— Dans le vestibule est un homme qui ne veut pas se laisser congédier, vint dire tout à coup la femme de chambre.

— Que demande-t-il?

— Il désire parler à Madame la Baronne elle-même : il dit avoir un message d'Angleterre.

— Fais-le entrer, ordonna brièvement Ricarda étonnée.

Elle était belle et fière dans son vêtement de dentelles noires espagnoles où la soie scintillait comme les magnifiques grenats qui ornaient sa chevelure.

La jeune femme s'efforça de recevoir l'étranger avec froideur, bien qu'un pressentiment inexplicable lui étreignît le gosier.

Mais quand elle vit que ce n'était personne de Lytonhall, elle respira plus à l'aise.

— Vous me connaissez, Madame la baronne? dit l'homme en ôtant son chapeau.

Une légère rougeur colora les joues de Ricarda.

— Vous êtes Monsieur Flint, un ancien domestique de mon mari, répondit-elle avec hauteur. Avez-vous une communication à lui faire?

— Non, pas à lui, mais à vous, Madame.

— A moi? répéta Ricarda très étonnée.

— Oui, à vous, Madame, de la part de Mistress Merlitt, ma sœur.

— De Mistress Merlitt!...

— Et c'est une communication très importante, très importante pour vous, surtout, Madame ma nièce. Ayez donc soin que personne ne nous entende !

Ricarda devint livide ; elle chancela d'abord, puis reprenant toute l'énergie de sa volonté, elle ferma la porte de l'antichambre et se rapprocha de Flint.

— Qu'avez-vous à me dire de la part de Mistress Merlitt ?

— Qu'elle a révélé son secret et avoué toute la vérité.

La baronne laissa échapper un léger cri, mais elle se contint en faisant des efforts inouïs.

Ses yeux brillants trahissaient son émotion.

— Je ne comprends pas bien ce que vous voulez dire, reprit-elle à voix basse.

— Oh ! vous me comprenez bien, dit Gennaro : je le sais.

Et une expression particulière anima son visage.

— L'erreur touche à sa fin. A Lytonhall, on connaît déjà toute la fourberie. Votre mère a fait devant le notaire et les témoins des aveux complets.

— Comment ! elle m'a abandonnée ? O la malheureuse ! Que la...

— Silence, Madame ma nièce, interrompit Gennaro les yeux étincelants d'indignation : votre mère est morte ! respectez au moins son souvenir !

Ce mot fit chanceler Ricarda.

— Morte ! morte ! répéta-t-elle d'une voix égarée : Mercédès n'est plus ?

— Non, elle n'est plus ; et, elle a expiré sans que sa fille ingrate fût à son chevet. La pauvre femme désirait ardemment de vous revoir, et elle m'a chargée de vous dire qu'elle vous pardonnait en vous priant de lui pardonner aussi et de ne pas vous irriter à son souvenir.

Ricarda se couvrit le visage de ses mains, en tremblant de tout son corps.

Elle avait montré peu d'affection à Mercédès, même après avoir appris que cette femme était sa mère : elle ne pensait alors qu'à elle-même. Mais la nouvelle de sa mort la remplissait de désespoir, et elle tomba sur un fauteuil comme anéantie.

— Que faire ? s'écriait-elle en se tordant les mains : comment pourrai-je annoncer ce fatal évènement à mon mari ?

— Je me charge de le lui dire pour obéir à votre mère reprit Gennaro.

— Etes-vous vraiment le frère de Mercédès ? êtes-vous vraiment mon oncle, demanda Ricarda au milieu de ses sanglots.

— Oui, Madame la baronne, je suis votre oncle, et il vaut mieux, je crois, que votre mari apprenne par moi ce qui s'est passé que de l'entendre d'une autre bouche.

— Voudrait-il vous écouter ?

— Je n'ai jamais été son domestique, quoique vous en pensiez : ce n'est que par complaisance que j'ai servi de témoin à son mariage, comme l'aurait fait un de ses amis. Il me sera facile de trouver Monsieur le baron à son club : je connais Bruxelles.

Il partit et Ricarda retomba dans ses mornes pensées, en proie à des remords tardifs, se torturant au souvenir de l'ingratitude qu'elle avait témoignée à sa mère, et se demandant ce que lui réservait l'avenir.

Tout à coup, des pas précipités résonnèrent dans le vestibule et la porte s'ouvrit.

Le baron était pâle et il paraissait au paroxysme de la fureur.

—Quelle histoire cet homme vient-il me raconter d'Angleterre, s'écria-t-il en s'avançant vers Ricarda. Je n'y comprends pas un mot.

Elle ne répondit rien, mais, anxieuse, le fixa d'un œil hagard.

— Il prétend que tu n'es pas la fille de Monsieur Carré, continua le baron exaspéré.

— Il dit la vérité, répondit Ricarda : je ne puis nier ce que tout le monde saura bientôt.

— Et tu savais cela avant notre mariage malheureuse femme?

— Je ne l'appris que quatre jours avant, et je me confiai aux assurances de ton affection. Ne m'as-tu pas répété que tu ne recherchais ni les biens ni l'argent? J'ai cru en tes paroles qui, dans ce moment, me paraissaient être sincères.

— Insensé que j'étais! c'est ainsi que je me suis trompé moi même! Eh bien! ce sera gai, continua-t-il avec ironie. Crois-tu que notre amour suffira pour nous faire vivre? As-tu réfléchi à ce que, désormais, l'existence sera pour nous?

La fausse Ricarda baissait la tête sous la violence des justes reproches de son mari.

— Parle! quels sont tes projets par rapport au luxe et au bien-être auxquels nous sommes accoutumés? Qu'allons-nous devenir?

— S'il faut nous restreindre, nous irons à la campagne dans ce beau château de Silésie, dont tu me vantes à chaque instant les richesses.

— Ah! c'est cela qui t'a séduite! dit le baron avec un sourire amer. Ce n'est pas mal : nous sommes tous les deux bien logés! Comment as-tu pu croire que mon château était en Silésie? il est en Utopie!

— Théodore, ce n'est pas le moment de plaisanter, répondit Ricarda en colère. Que veux-tu dire?

— Je ne possède aucun château où je puisse te mener. Notre propriété appartient à mon frère : c'est lui le maître de tous ces biens.

— Mais tu t'es présenté comme étant l'aîné!

— C'est-à-dire que mon cousin, le colonel de Bracy, m'a traité comme tel, et je n'avais pas de motif de le tirer de son erreur. J'aimais bien jouer un peu à l'aîné et je vous ai laissés dans vos idés. L'explication serait arrivée assez tôt avec le retour de mon frère Charles Fidélis si cet évènement ne me faisait hâter le dénouement.

— C'est inouï, s'écria Ricarda décontenancée. Ainsi, tu n'as plus de fortune?

— Aucune : je n'ai que des dettes et j'espérais les voir payées par le papa Carré. Nous sommes tous deux bien attrapés. Charles Fidélis sera furieux en apprenant que j'ai épousé la fille d'un chevalier d'industrie; mais finalement, il faudra bien qu'il me vienne en aide puisque je ne possède rien.

— Ce qui est fait, est fait, grommela Gennaro qui avait écouté en silence toute cette scène : nous ne pouvons rien y changer.

Pendant que Ricarda et le baron Théodore se faisaient des reproches mutuels, une grande joie régnait à Lytonhall.

Impossible de décrire ce que ressentit Vivien Carré, quand on lui présenta sa véritable fille, l'enfant de sa bien-aimée Ricarda.

La rencontre solennelle avait eu lieu dans le plus grand silence.

Gennaro Flint avait voulu conduire lui-même à la

vieille abbaye celle qu'on avait appelée jusqu'alors la petite Dolly.

Dès qu'il l'eût amenée dans la chambre de Vivien, il se retira discrètement.

Mais Dolly, autrefois si timide, s'avança en toute confiance vers le vieillard qui, à sa vue, ne put retenir un cri de bonheur.

— Oui, tu es bien Ricarda, tout le portrait de ta mère! Dieu te bénisse, mon enfant!

— Mon père! s'écria Dolly en tombant à genoux. Oh! que je suis heureuse de t'avoir retrouvé!

Et ils se tinrent tous deux longtemps enlacés.

Mais Vivien n'avait pas retrouvé sa fille pour la perdre de nouveau, si Clarence voulait faire valoir ses droits de fiancé.

Aussi donna-t-il volontiers son consentement, car son enfant ne devait pas quitter l'abbaye dont les nouveaux mariés recevaient la propriété.

Au milieu de sa joie, il pensait encore avec compassion à cette pauvre créature qu'il avait nommée si longtemps sa fille.

Il lui pardonnait sa faute, car il avait conscience de lui avoir donné une mauvaise éducation, et il la jugea avec plus de bienveillance encore, lorsque Charles Fidélis, l'aîné des barons de Steinecken arriva d'Ecosse en Angleterre pour saluer ses parents.

Quand celui-ci apprit la scélératesse de son frère, il ne fut pas moins indigné que le colonel de Bracy; mais pour l'honneur de la famille, il fallut faire bonne mine contre mauvais jeu et l'on décida de donner au baron Théodore et à sa femme une somme suffisante pour aller s'établir loin de l'Angleterre et de Steinecken.

Le baron Charles Fidélis resta au cottage jusqu'au mariage de Clarence.

Tous les cœurs étaient dans la jubilation et les fermiers
saluaient avec joie la nouvelle châtelaine de la vieille
abbaye et Clarence de Bracy.

Jamais l'église de Lyton ne vit une plus belle et plus
modeste fiancée que la *fille du vagabond*, ni un fiancé plus
heureux que Clarence.

Un jour une pauvre femme se présenta à la porte de la villa (page 285)

CHAPITRE XXX

Compagnes d'enfance

Onze années s'écoulèrent.

Un jour, à la porte de l'élégante villa qu'habitait à Wies-baden Vivien Carré, lorsqu'il venait y chercher la santé, se présenta d'un pas chancelant une pauvre femme dont l'extérieur excitait la plus grande compassion.

Elle regarda longtemps la maison dont les persiennes du premier étage étaient ouvertes, et ramenant sur son visage un voile épais, elle entra dans le vestibule et demanda Monsieur Carré.

Le domestique la considéra avec une impertinence qui

montrait bien qu'il la regardait comme une mendiante de haut parage.

— Vous arrivez trop tard, Madame, dit-il brusquement.

— Ne me retardez pas par vos phrases, reprit la femme voilée, presque d'un air d'autorité.

— Qui êtes-vous, pour parler ainsi? dit avec impertinence le domestique.

— Répondez-moi simplement si Monsieur Carré est ici?

— Je vous ai dit que vous arriviez trop tard.

— Et pourquoi? s'il vous plaît.

— Si vous voulez absolument parler à Monsieur Carré ou lui demander l'aumône, allez au cimetière : c'est là qu'il se trouve.

— Mort! il est mort! s'écria l'étrangère d'une voix tellement désespérée que le domestique rougissant de sa grossièreté, répondit doucement :

— Oui, ce bon vieillard est mort la semaine dernière : il a longtemps souffert, et il faut lui souhaiter le repos.

La femme parut ne pas avoir entendu ces derniers mots.

Sans faire d'autres questions, elle se retourna vers la porte, et à deux pas plus loin tomba sans connaissance sur le gazon.

Aussitôt une foule de domestiques l'entourèrent pour la transporter dans la loge du portier.

— Qu'est-ce à dire? cria le propriétaire.

On lui raconta ce qui s'était passé, tandis qu'une femme de chambre prodiguait ses soins à l'infortunée.

En relevant son voile, on aperçut un visage décharné, empreint de tristesse et de désespoir.

— Portez cette personne à l'hôpital, ordonna le propriétaire : il n'y a pas ici de place pour elle.

Et se tournant vers le portier, il ajouta :

— Tâchez qu'on ne sache rien de tout ceci : je vous en rends responsable.

Mais l'ordre était donné trop tard : une religieuse suivie de la femme de chambre arrivait en tout hâte.

— Madame demande qu'on transporte chez elle la personne qui a demandé Monsieur Carré.

Le propriétaire haussa les épaules et dit à un locataire curieux :

— Je connais cette personne. Autrefois, on l'a vue souvent autour du tapis vert. C'est une Mexicaine qui a épousé, je crois, un officier de Bazaine : elle se nomme Madame Rouge. Je regrette qu'elle soit dans ma maison.

La pauvre femme reposait dans une des plus belles chambres de l'hôtel.

Les yeux hagards, les lèvres serrées, elle semblait insensible aux soins de son entourage.

— Puis-je vous aider? demanda une jeune dame en s'approchant.

— Restez près de moi, murmura la malade : votre présence m'est plus agréable que celle de la religieuse.

La jeune dame trembla en lui donnant une potion et laissa tomber une larme brûlante sur la main de l'étrangère, dont le triste état excitait la compassion.

Celle-ci fixa sa gardienne d'un regard épouvanté.

— Qui êtes-vous? balbutia-t-elle; est-ce possible! Amy?

— Oui, c'est moi, Ricarda, répondit Amy de Bracy en imprimant un baiser sur le front de la compagne de sa jeunesse.

Ricarda s'agita convulsivement.

La honte couvrit son visage de rougeur, et elle éclata en sanglots.

Amy, à genoux, ne disait pas un mot.

Elle pleurait avec son amie comme les anges de la miséricorde.

— Ne me méprises-tu pas ? reprit la malade d'une voix mourante.

— Je t'aime, Ricarda. Crois-tu que je puisse oublier le temps de notre jeunesse ?

— Comment te trouves-tu ici ?

— Je suis venue cette année avec l'oncle Carré : j'ai demandé cette permission à mes parents.

— Ah ! c'est toi qui as égayé ses derniers jours. As-tu été près de lui jusqu'à la fin ?

— Je ne l'ai pas quitté un instant.

— A-t-il beaucoup souffert ?

— Il est mort tranquillement dans mes bras la semaine dernière.

— Ne parlait-il jamais de moi ?

— Quelque temps avant sa mort, il t'a pardonné.

« Comme j'espère en la miséricorde divine, disait-il, j'aurais volontiers reçu la pauvre enfant, si elle était revenue vers moi ; et si elle revient un jour, dis-lui que je lui pardonne. »

— Ah ! je reconnais bien là sa bonté, dit Ricarda en pleurant. Personne n'a été si bon pour moi que cet homme ! et cependant je lui ai fait bien de la peine ; je l'ai payé de la plus noire ingratitude. Que je suis malheureuse ! Mais la faute en est à cette femme intrigante qui m'a faite ce que je suis ! Oh ! je pourrais la maudire ! Mais peut-on maudire sa mère !...

Les yeux d'Amy se troublèrent.

— Ricarda, lui répondit-elle avec douceur ; tu viens de le dire, tu parles de ta mère. Sans doute elle est coupable, mais elle a expié sa faute et a été cruellement punie en ne te revoyant pas.

— Pourquoi m'a-t-elle rendue si malheureuse, repartit la malade avec animation ! Comment aurais-je pu revenir à l'abbaye. C'est elle seule qui, dans son orgueil et son avarice, a voulu spéculer avec son enfant. Il eût mieux valu pour moi grandir comme l'enfant de la pauvreté, que comme l'héritière de Lytonhall. J'ai été élevée comme une idole, flattée, gâtée par tous ; et, je suis devenue une créature orgueilleuse qui ne connaissait que sa volonté et s'accoutumait au luxe, à la dépense, et voulait une position brillante dans le monde. Mais quand Mercédès me révéla sa supercherie, quand je vis un abîme se creuser entre le monde et moi, alors je devins mauvaise. Je ne pouvais supporter la désillusion ; je me fis la complice de ma mère, et dans ma crainte insensée, j'eus recours aussi à une tromperie.

— Et c'est là ta faute, Ricarda.

— C'était le seul moyen que j'avais de conserver mon rang. Si Clarence m'avait aimée, j'aurais tout mis en œuvre pour hâter notre mariage, mais je savais qu'il était perdu pour moi et qu'il ne demanderait jamais ma main. C'est alors que j'acceptai les hommages du baron Steinecken, qui m'avait servi d'amusement jusque-là. Je le trompai et il me trompa, mais je ne perdis pas de temps dans cette décision qui vous parut inexplicable.

— L'empressement du baron à accepter un mariage clandestin, reprit-elle, ne me donna même pas la pensée que lui aussi pouvait avoir des motifs pour agir ainsi. Je quittai précipitamment ces lieux où si longtemps j'avais commandé sans aucun droit : je quittai ma mère, et sachant qu'elle avait empoisonné ma vie, j'éprouvai pour elle une haine implacable, où se mêlait la crainte que dans sa colère, elle pourrait révéler le secret qu'elle gardait depuis si longtemps. Je la trompai aussi, et je n'en eus point

19

de remords, puisque je n'avais pas appris à l'aimer comme
ma mère. On ne récolte que ce que l'on sème. Oui, il y a
une justice divine : j'en ai fait l'expérience.

En vain Amy essayait de calmer Ricarda, celle-ci
voulait parler : elle se sentait heureuse de pouvoir vider
son cœur dans un cœur compatissant.

— Tu peux croire, continua-t-elle, qu'un mariage fondé
sur une duperie mutuelle ne pouvait pas être heureux.
Aucun de nous n'avait du moins le droit de faire de reproche à l'autre. Nous vivions tant bien que mal, mais le
grand monde manœuvre si bien que nous partîmes pour
Mexico. Je m'y rendis du reste volontiers. On n'y savait
rien de notre passé.

— Avez-vous au moins trouvé la tranquillité là-bas?

— Le baron combattit pour l'empereur Maximilien et
trouva la mort dans une bataille.

— Malheureuse Ricarda!

— J'épousai un officier de l'armée de Bazaine qui me
ramena malgré moi en France. C'est alors que j'appris à
plier ma volonté à celle d'un autre. Mais en somme, la vie
était agréable et se passait en voyage et à Paris. La guerre
éclata : mon mari, prisonnier à Sedan, fut transporté à
Coblence. Je me hâtai de venir le retrouver, et il est mort
le mois dernier.

— Tu as bien souffert!...

— Seule, sans amis, sans fortune, je me souvins de cet
homme qui avait toujours été si bon pour moi et dont j'espérais un secours, malgré mon ingratitude. Je suis venue
à Wiesbaden pour implorer mon pardon : c'était trop
tard. Au premier instant, je ne pus supporter ce coup, et,
ironie du sort! je tombai sur le seuil de cette maison où
pendant si longtemps j'avais commandé en maîtresse. On
m'en chassait comme une mendiante. Oh! que n'ai-je

cherché la mort dans les flots du Rhin ! Que me reste-t-il,
sinon le désespoir !

— Ricarda, interrompit Amy, comment peux-tu parler
ainsi ! on ne doit jamais désespérer.

— Tu n'as jamais connu pareille détresse !

— C'est triste, il est vrai, de ne plus trouver Monsieur
Carré, mais d'autres sont prêts à te venir en aide. Et il te
reste la divine Providence qui n'abandonne jamais celui
qui recourt à elle.

Le visage de Ricarda se contracta : elle détourna la tête
et garda un instant le silence.

— Oh ! Amy, reprit-elle bientôt, tu as toujours été en-
thousiaste. Peut-être même es-tu religieuse ? Comment te
trouvai-je avec cette sœur brune ?

— La sœur est à l'ambulance des blessés : elle m'a
aidée à soigner l'oncle Carré et j'ai demandé à mon père la
permission de rester ici quelque temps. Après les funérailles, il a voulu, comme ancien militaire, visiter les
divers champs de bataille, et il viendra me reprendre à
son retour. Je vais l'attendre à Mayence et je pars demain :
tu viendras avec moi ; et tu pourras te remettre tranquillement de toutes tes fatigues. Maintenant, tu es chez des
amis.

— Et tu ne trahiras pas ma présence aux habitants de
Lytonhall ?

— Sois sans crainte : je ne ferai rien malgré toi.

— Merci, Amy, dit la malheureuse femme en fondant en
larmes. Je me soumets à ce que tu voudras, car tu es la
bonté même. Mais ne me laisse pas aux soins des sœurs :
je ne les vois pas volontiers.

— Je ferai tout ce qui me sera possible, Ricarda, je te le
promets : A présent repose-toi et ne parle plus.

Ricarda, comme délivrée d'un poids énorme, respira

plus librement, et peu à peu elle s'endormit profondément.

Mademoiselle de Bracy tint fidèlement sa parole.

Ricarda la suivit au couvent de Mayence où elle put, dans le calme et la solitude, jouir d'une paix qu'elle ne connaissait plus.

Peu de temps après, elle tomba sérieusement malade. Amy lui donna tous ses soins en se faisant aider par sœur Agnès, qui était revenue de Wiesbaden.

Ricarda témoignait de la répugnance en voyant les religieuses autour d'elle, mais insensiblement elle s'y accoutuma, et dans une heure d'intimité elle disait à Amy :

— La religieuse est pourtant une bonne créature! Mais elle a dû avoir une triste position dans la vie pour se décider à se faire sœur et même la pénible existence d'une garde-malade. Sans doute, son avenir maintenant est assuré, tandis que dans le monde elle eût été condamnée à l'indigence. Ceci peut expliquer pourquoi elle paraît contente au milieu de tant d'occupations; mais que toi, tu puisses avoir le désir de l'imiter, cela me semble extraordinaire.

Amy eut un fin sourire.

— Sais-tu bien, Ricarda, qui est la sœur qui te soigne? Elle portait autrefois dans le siècle un grand nom : elle appartient à l'une des plus nobles familles d'Autriche et avait à sa disposition le rang, la richesse et tout ce que le monde peut offrir d'agrément.

— Est-ce possible?

— Par amour pour Dieu, elle a tout sacrifié pour se consacrer aux pauvres.

— Mais, Amy! s'écria Ricarda au comble de l'étonnement, c'est à peine croyable. Le cœur humain peut-il donc réellement trouver en lui-même assez de motifs pour se dévouer aux autres!

— Je ne l'aurais jamais cru, soupira-t-elle.

— Oh! Ricarda, je ne crois pas non plus que l'idée d'humanité et de fraternité puisse inspirer une vie de sacrifice comme la pratiquent les ordres religieux. Pour se dévouer tout entier au prochain, il faut aimer et imiter Celui qui a dit : « Tout ce que vous faites au plus petit des pauvres, c'est à moi que vous le faites! »

— O Amy ! Tu deviens une petite exaltée.

— Comment entends-tu cela?

— Tes idées pieuses sont trop hautes pour moi. Ainsi d'après toi, il n'y a que l'amour de Dieu qui porte les religieuses à se dévouer au service de l'humanité souffrante?

— Je pense, répondit Amy, que les religieuses voient dans les pauvres, les enfants de Dieu ; et, en exerçant les œuvres de miséricorde, elles cherchent à aimer Dieu et à le servir en se dévouant au prochain. Elles deviennent ainsi les servantes du Christ, et il me semble que c'est le plus beau et le plus noble but que l'on puisse avoir.

— Tu peux avoir raison, dit Ricarda. Ton idée est grande, en effet, mais il faut, pour la réaliser, que l'amour de Dieu soit immense et aille plus loin que le monde ne le trouve nécessaire.

— Certainement. Souviens-toi du riche jeune homme de l'Evangile à qui le Sauveur disait :

« Si tu veux être parfait, vends tout ce que tu as, donne-le aux pauvres et suis moi. Qui peut comprendre, comprenne. »

Cette parole est toujours vraie. Le monde sans doute ne la comprend pas : sœur Agnès l'a comprise.

Ricarda ne répondit rien ; mais elle eut un plus grand respect pour la religieuse.

Deux jours plus tard, elle reprenait le même sujet avec Amy.

— J'envie, lui dit-elle, tes sublimes pensées. Quelle pauvre créature je suis! Comme j'ai dissipé ma vie! Partout je ne vois que des ruines, et un avenir sans consolations.

— Nous n'avons jamais le droit de désespérer.

— Je voudrais me cacher aux yeux des hommes et je n'ose pas chercher Dieu. Quand tu seras rentrée en Angleterre, je serai abandonnée et ne trouverai de repos nulle part.

— Pourquoi parler ainsi, Ricarda! reprit Mademoiselle de Bracy. Ne sais-tu pas que David chantait :

« La terre est remplie des miséricordes divines? »

Aie confiance en Dieu : quiconque s'approche de lui avec un cœur sincère, trouve le repos de l'âme. Quant à l'avenir, ne t'en préoccupe pas : laisse m'en le soin.

— O Amy, que tu es bonne! mais je t'en prie, je t'en conjure, je veux être morte pour les habitants de Lytonhall. Comment pourrais-je les revoir! Aide-moi à trouver un asile où je puisse finir mes jours dans l'oubli, si je guéris.

Ricarda guérit, mais ne revit jamais le monde.

Amy seule connaissait sa retraite.

La jeune fille revint en Angleterre avec son père heureuse de savoir son amie en sûreté et dans la solitude.

La jeune châtelaine est fière de porter son enfant (page 295)

CHAPITRE XXXI

La nouvelle génération

Reportons nos regards vers cette contrée d'Angleterre où notre récit a commencé.

La vieille abbaye est tout ensoleillée ; la joie règne partout : dans le parc deux petits garçons courent et s'amusent, tandis que leur jeune sœur de deux ans, dans les bras de sa mère, applaudit de ses petites mains aux jeux de ses frères.

La jeune châtelaine est fière de porter son enfant : c'est l'image de la douceur et de la modestie, la petite Dolly d'autrefois, la véritable Ricarda de Bracy.

Tous les yeux sont fixés sur elle; et Clarence, son mari, doit faire des efforts inouïs pour ne pas être dépassé, dans ses attentions, par son père, le vaillant colonel.

Celui ci, ainsi que sa femme, est plus souvent à l'abbaye qu'au cottage; mais là, comme ici, on ne rencontre que la reconnaissance envers Dieu qui leur a ménagé une si heureuse vieillesse.

— Oui, oui, Milady, répète Monsieur de Bracy, tu as bien élevé tes enfants en leur disant que la vertu et la science sont des dons plus précieux que la naissance et les richesses.

— Cependant, ajouta-t-il en souriant, j'ai eu raison. Clarence est devenu le seigneur de Lytonhall, non pas par la réussite de mes projets, mais par son bon cœur qui lui a fait retrouver ses droits par la main de sa fiancée pauvre et délaissée.

— Ah! les voies de la Providence sont admirables, reprend lady Flavie. Que les calculs des hommes sont petits en comparaison! Pauvre Vivien! chaque fois que je pense à lui, j'éprouve une certaine tristesse. A quoi lui ont servi toutes ses ruses? Il a été privé de l'affection de sa fille véritable. Et c'est encore un bonheur pour lui que dans son repentir, il a pu voir l'accomplissement de ses désirs et mourir en paix.

Ainsi s'entretenaient Monsieur et Madame de Bracy dans les heures paisibles du soir.

Mais qu'est devenue Amy, la charmante jeune fille.

Non loin de la vieille abbaye, près d'une ville industrielle, s'élève une vaste maison consacrée au soulagement de l'humanité souffrante.

La générosité chrétienne l'a fondée, et parmi ses plus grands bienfaiteurs on cite la châtelaine de Lytonhall, son mari, devenu un peintre célèbre et leurs parents.

Amy n'avait pas de richesses à donner, mais elle donna mieux.

Emportée par sa piété, elle s'est consacrée à Dieu dans cet asile où les religieuses offrent aux vieillards un lieu de repos, aux malades des soins assidus, aux abandonnés un refuge.

C'est là aussi que se cache Ricarda sous le nom de sœur Madeleine! . . . . , . . .

Elle vit inconnue près du tombeau de sa mère, en s'occupant spécialement des orphelins, pour expier ses fautes envers LA FILLE DU VAGABOND.

FIN

TABLE

TABLE

FIN DE LA TABLE.

LES PLUS CÉLÈBRES

VOYAGEURS

DES TEMPS MODERNES

VOYAGES LES PLUS INTÉRESSANTS

AVENTURES DE TERRE ET DE MER

DANS LES SIX PARTIES DU MONDE

PAR

CHARLES DE FOLLEVILLE.

LIMOGES

EUGÈNE ARDANT ET Cⁱᵉ, ÉDITEURS.

Contraste insuffisant

NF Z 43-120-14

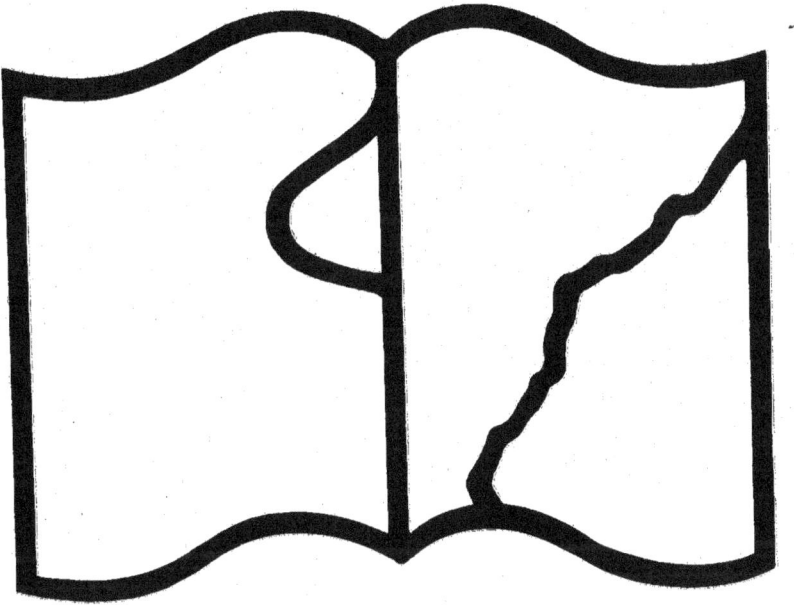

Texte détérioré — reliure défectueuse

NF Z 43-120-11